혼자여서 좋은 직업

혼자여서 좋은 직업

권남희 산문

마음산책

혼자여서 좋은 직업

1판 1쇄 발행 2021년 5월 5일
1판 4쇄 발행 2024년 1월 15일

지은이 | 권남희
펴낸이 | 정은숙
펴낸곳 | 마음산책

편집 | 성혜현 · 박선우 · 김수경 · 나한비 · 이동근
디자인 | 최정윤 · 오세라 · 한우리
마케팅 | 권혁준 · 권지원 · 김은비
경영지원 | 박지혜

등록 | 2000년 7월 28일(제2000-000237호)
주소 | (우 04043) 서울시 마포구 잔다리로3안길 20
전화 | 대표 362-1452 편집 362-1451   팩스 | 362-1455
홈페이지 | www.maumsan.com
블로그 | blog.naver.com/maumsanchaek
트위터 | twitter.com/maumsanchaek
페이스북 | facebook.com/maumsan
인스타그램 | instagram.com/maumsanchaek
전자우편 | maum@maumsan.com

ISBN 978-89-6090-674-7 03810

★ 책값은 뒤표지에 있습니다.

돈을 많이 벌긴 어렵지만,
경력이 책이 되어 쌓이는
좋은 직업이랍니다.

할머니가 되어서도
번역하고 싶다

천재요절, 미인박명이라는 말이 있지만, 천재도 미인도 아니어서 신체 건강하게 50대를 맞이한 게 엊그제 같은데, 벌써 중반이 지나고 있다. 젊은이도 늙은이도 아닌 50대는 의외로 편안한 나이였다. 불만이 많았던 10대, 떠돌았던 20대, 고통과 희망이 공존했던 30대, 생존하기 위해 치달린 40대였다면, 50대는 한 박자 쉬어갈 수 있는 시기였다. 이번 생, 이대로 괜찮은가 자가 점검을 하고, 지난 50년 동안의 경거망동을 회개하며, 남은 50년(?) 삭아가는 관절로나마 또다시 달리기 위해 운동화 끈을 묶는 시기였다고 할까.

나는 못하는 게 너무 많다. 아니, 할 줄 아는 게 없다고 하는 것이 옳은 말이겠다. 운전은커녕, 자전거도 탈 줄 모른다. 수영도 못한다. 집순이라 밖에서 하는 건 그래도 집에서 하는 건 좀 하겠지, 싶겠지만 바느질, 뜨개질, 요리도 못한다. 못하는 게 자랑은 아니지만, 정말로 못하니 자폭하고 들어갈 수밖에 없다. 딸 정하는 '어설프고 결과물이 어정쩡한 것'을 "엄마 같아"라고 한다. 이를테면 고깃집에서 고기 자를 때 "아, 엄마 같아"라고 하면 가위의 무게를 버거워하며 간신히 고기를 자르는 어설픈 동작을 하고 있다는 말이다. 선물 포장할 때 "아, 엄마 같아"라고 하면 곰손으로 예쁜 포장지와 고운 리본을 능멸하는 포장을 하고 있다는 말이다. 자전거, 운전, 수영 등등 배우면 될 텐데, 배우겠다는 의지도 없다. 그래서 정하가 가끔 묻는다.

"엄마, 딸이 엄마 같았으면 속 터졌겠지?"

그 질문을 받을 때마다 진지하게 갸웃거린다. 꼭 그렇지만은 않을 것 같다. 행동 폭이 좁으니 어디 가서 사고 날까 걱정되지 않는다는 장점이 있다. 할 줄 아는 게 없으니 이것저것 넘보지 않고 한 가지 재주에 목매는 장점도 있다. 덕분에 외국어 좋아하고 글쓰기 즐기는 유일한 재주를 하늘에서 내려준 동아줄인 양 꼭 붙잡고 놓지 않아서 30년째 번역을 하고 있지 않은가. 심지어 번역서 외에 산문집도 몇 권 냈다. 아, 정말 늘 생각하지만, 8할이 운인 가성비 좋은 인생이다. 앞으로 한 30년 더 동아줄 잡은 손에 힘을 빼지 않을 것이다. 80대까지 점점 무르익은 번역을 하고, 나이 먹어가며 달라 보일 세상 살아가는 이야기를 쭉쭉 쓸 것이다.

이 책에는 이렇게 무재주로 재주 좋게, 혹은 재수 좋게 번역하며 살아가는 이야기들을 써보았다. 고매한 학자분들의 고품격 번역 이야기가 아니고 그저 사사롭고 소소하고 재미있고 가벼운 번역 혹은 삶의 이야기들이다.

『번역에 살고 죽고』가 나온 지 10년 만에 『귀찮지만 행복해 볼까』가 나왔는데, 이번에는 1년 만에 『혼자여서 좋은 직업』이 나왔다. 정세랑 작가 덕분이다. 작년에 『귀찮지만 행복해 볼까』의 추천사를 보내주며 정세랑 작가가 이렇게 말했다.

"역시 선생님 에세이는 너무 재밌습니다. 아쉬운 것은 분량뿐이에요!! 더 자주, 더 길게 써주세요!!"

그 말이 너무 기뻐서 자주 써야지, 다짐했다. 그리고 정말로 또 이렇게 썼다. 번역하는 일은 행복하고 글을 쓰는 일은 즐겁다. 앞으로 더 자주, 더 길게 쓰고 싶다.

2021년 5월

권남희

차 례

오늘은 열심히
일하려고 했는데

오늘은 열심히
일하려고 했는데

아침에 눈을 뜨기도 전에 생각한다. 오늘은 열심히 일해야지. 굳게 다짐하고 떨어지지 않는 눈을 뜬다. 시간을 보려고 스마트폰을 켠다. 켠 김에 어제 코로나19 확진 환자가 몇 명이었는지 본다. 보는 김에 뉴스 한번 훑는다. 잠이 깬다. 메일이 있으면 답장도 하고, 블로그 들어가서 안부게시판에 답글도 단다. 스마트폰은 한 손가락으로 치기 때문에 지렁이보다 더디고 거북이보다 느려서, 본의 아니게 한 글자 한 글자 정성껏 치게 된다. 상대방이 이 정성 알아주려나. 일어난 지 한 시간이 가뿐히 지났는데 몸은 아직 침대 위다. 스마트폰 때문에 세월이 더 빨리 간다. 시간이 주먹 속의 모래처럼 술술 샌다. 얼른 일어나서 오늘은 열심히 일해야지…….

따뜻한 차나 물을 대용량으로 들고 책상 앞에 앉는다. 노트북 켠 김에 인터넷 한번 들어가주는 게 인지상정. 아까 스마트폰으로 봤던 메일을 큰 화면으로 한 번 더 본다. 대부분 일 이야기들이니 빼먹은 건 없는지. 인터넷 들어간 김에 유튜브에서 귀여운 개님들 영상도 좀 보고. 백종원 님 요리도 좀 보고. 이제 양심껏 본격적으로 일을 시작하……려고 하는데 택배가 온다. 받고 풀고 치우고 하느라 잠시 또 딴짓. 누군가의 선물이면 인증샷 찍어서 감사 인사를 보낸다. 다시 노트북 앞으로 돌아온다. 그런데 왜 점심때가 됐지? 아침도 안 먹었는데. TV를 켜고 밥을 먹는다. 식사 시간은 10분 남짓? 어떨 때는 군인보다 빨리 먹을 때도 있다. 누가 보면 촌음을 아껴서 일하려고 빨리 먹는 것 같겠지만(예전에는 그러기도 했다), 강아지 '나무' 때문에 빨리 먹는 습관이 들었다. 식탐 대마왕인 시추가 먹고 싶어서 간절한 눈빛으로 다리에 매달려 있으니 얼른 먹고 치워야 했다. 이제는 매달리는 나무도 없는데 여전히 빨리 먹는다. 14년 동안 든 습관이란 게 무섭다. 건강에 안 좋다는데 얼른 고쳐야지.

인터넷이 없던 시절에는 하루에 일하는 양이 정말 많았다. 200자 원고지로 600매짜리 책이면 보름 만에도 번역할 수 있었다. 한 달에 원고지 1000매 정도는 작업해야 남들 한 달 월급이 나오므로 긴 세월 동안 목표는 항상 1000매였다. 물론 목표는 목표일 뿐이어서 도달하지 못할 때가 더 많다. 인터넷이 등장하며 작업량이 떨어졌지만, 그래도 유혹을 이길 수 있었는데 스마트폰 앞에서는 속수무책이다. 프리랜서의 원수 스마트폰. 예수님의 가르침대로 원수를 너무 사랑한다. 무교인 주제에.

예전에는 '오늘은 열심히 일해야지' 하는 다짐 같은 것 하지 않았다. 그런 다짐 하지 않아도 과로사할 정도로 열심히 했다. 그러나 그때보다 이렇게 농땡이 부리며 설렁설렁 사는 지금의 내가 좋다. 죽기 전까지 일을 하고 싶지만, 일만 하다 죽고 싶진 않다. 그렇게 살다 돌아가신 아버지를 본 뒤로, 적게 벌고 적게 쓰더라도 숨 좀 돌리고 여유 좀 갖고 살자는 생각을 하게 됐다. 아, 그렇긴 하지만, 그래도 오늘은 열심히 일하려고 했는데 또 열심히 하지 못하고 말았다. 내일은 열심히 해야지…….

비싼 옷

　패션 감각도 암울한 데다 거의 집에서만 일하니 그럴듯한 외출복이 없다. 계절별로 한두 벌쯤 사람 만나러 나갈 때 입을 옷이 있긴 하지만, 일상복보다 조금 나을 뿐 좋은 옷은 아니다. 그나마도 편집자나 친구들 만날 때 한정으로, 공식적인 자리에 입고 갈 옷은 전무하다. 그런 어느 날, 공식적인 자리에 갈 일이 생겼다. 소설가 오가와 이토 씨가 방한했을 때, 그의 책을 많이 번역한 덕분에 일본 대사관 만찬에 초대받은 것이다.

　"맞아, 엄마 입을 만한 옷 너무 없어. 이참에 비싼 정장 한 벌 사"하고 정하가 카뱅으로 옷값을 보태주었다. 종종 감동을 주는 딸이다. 그래, 이번에야말로 정장 한 벌 사서 폼 나게 입고 가자, 생각했다. 그러나 옷 사러 가는 일은 너무나 귀찮고 두렵다. 입어볼게요, 말도 잘 못하고, 매장에 들어가면 미안해서 그냥 나오지도 못한다. 차일피일하다 행사 전날이 돼서야 부랴부랴 백화점에 갔다. 막상 가서 옷을 고르며 생각해보니 정장은 지금까지 살면서 거의 입은 적이 없다. 앞으로도 별로 입을 일이 없을 텐데 굳이 정장을 살 필요가 있을까. 그런 생각을 하던 차에 눈에 들어온 캐주얼한 옷. 시스루 옷감의 헐렁한 버버리 무늬 반팔 블라우스와 베이지색 7부 마 바지. 딱 내 스타일이어서 아주 마음에 들었지만 가격이 사악하다. 블라우스 50만 원, 바지 40만 원.

"할인은 하지 않나요?" 물어보았더니 "지금 50퍼센트 세일 중입니다, 고객님"이란다. 웬 행운인가. 이 정도라면 행사에도 입고 갈 수 있고, 평소 외출용으로도 입을 수 있으니 모셔놓는 정장을 사는 것보다 효율적일 것 같았다. 할인을 해도 비싼 가격이긴 했지만, 대사관 만찬에 가는데 이 정도는 입어야지 하고 부잣집 여사님처럼 가볍게 한 벌 샀다.

드디어 당일. 모처럼 산 거액(?)의 옷을 입고 드라이를 하러 단골 미용실에 갔다. 착한 원장님이 메이크업도 무료로 해주었다. 고맙다고 인사하고 나오는데 원장님이 이렇게 말했다.

"이제 집에 가서 옷만 갈아입고 가면 되겠네요?"

헉.

"이거…… 입고 갈 건데요."

"네에?"

격식 차리는 자리에 입고 갈 옷은 아닌 것 같다는 원장님의 의견에 다시 집으로 돌아와서 7부 마 바지 대신 까만 롱스커트로 갈아입었다. 이제 좀 격식 차린 것처럼 보이겠지, 생각했지만 그날 일본 대사관에서 찍은 사진을 보면 까만 치마 입은 촌사람 하나 유독 눈에 띈다. 차라리 세트로 있던 마 바지를 입고 갈걸. 암울한 패션 감각은 어찌해도 암울하다.

여권과 지문

여권 유효기간이 만료된 지 몇 달 지나서 여권을 새로 신청하고 왔다. 이 코로나19 세상에 언제 쓰게 될 지 기약도 없는 여권을 일도 바쁘고 날도 더운데 굳이 신청하러 간 것은 사진 때문이었다. 올 초에 산문집 때문에 프로필 촬영을 하고 오면서 메이크업한 김에 신분증 사진을 찍어둔 것이다. 여권도 만료됐고, 주민등록증도 30대에 발급받은 것이어서 바꿀 때가 됐다. 전문가가 꾸며준 터라 뚝딱 찍은 신분증 사진은 잘 나왔다. 정하의 표현을 빌리자면, 드라마에 나오는 사모님 같았다.

그러고 보니 지난 10년 동안 사용한 여권의 사진도 지면 인터뷰 하느라 전문가의 풀메이크업을 받은 날 찍은 것이다. 그러나 그건 누가 여권 보자고 하면 창피해서 절대 보여주지 않을 정도로 이상하게 나왔다. 이번 사진으로 여권 만들면 앞으로 10년은 내가 먼저 보여주고 다녀야지. 입국 심사에서 본인이 아니라고 통과시켜주지 않는 불상사가 생길까 봐 걱정되긴 하지만.

신분증 사진은 찍은 지 6개월 이내에 사용해야 하는데, 세월은 코로나19와 함께 번개처럼 흘러서 일하다 무심코 달력을 보니 5개월이 지나고 있었다. 그래서 부랴부랴 여권 신청을 하러 간 것이다. 두 번 다시 찍을 수 없는 예쁜 사진을 날릴까 봐. 여권 담당자님이 어찌나 꼼꼼하신지 마스크를 벗고 한참 동안 부위별로 체크했다. 아니, 사모님 사진과, 머리 질끈 묶고 일하다 나온 지금의 내가 그렇게 차이가 나나, 하고 자문하면 양심 불량이겠지. 엄마도 사진을 보고 "너 아닌 것 같은데"라고 했다.

사진이 간신히 통과되고 나니 이번에는 지문이 문제였다. 양쪽 검지를 기계에 올렸는데, 본인 확인이 되지 않았다. 엄지, 중지…… 결국 열 손가락을 다 찍었는데도 본인 확인이 되지 않는단다. 열 손가락 지장 찍었던 게 최소 20년 전일 터다. 이전의 주민등록증 발급일이 1999년이었으니. 그 20년 동안 200권 가까운 책을 번역했다. 미처 생각하지 못한 일이지만, 지문이 닳을 만도 하겠구나 싶었다. 결국은 최신 지문 감식기로 이동. 이번에는 오른손 엄지만 올려도 바로 본인 확인이 됐다. 열 손가락 다 찍어도 안 되는 기계는 교체 좀 하셔야겠다. 지문 닳는 직업이 나만 있는 건 아닐 테니.

여권을 신청하고 돌아오는 길에 묘한 느낌이 들었다. 이미 사진은 관심 밖이었다. 지문 인식기가 인식하지 못하는 내 지문을 계속 들여다보았다. 그렇게 생각해서인지 닳아서 반질거리는 것 같기도 하다. 서글프네. 이제 골무라도 끼고 일해야 할까. 남은 지문이라도 보존하게.

모처럼 나갔다가 쭈글한 기분으로 돌아와서 지문 얘기를 했더니 정하가 이렇게 말했다.

"우와, 지문이 닳을 정도로 번역을 했다니 엄마 번역 장인 같네. 간지 난다."

TV 속의 번역가

장안의 화제였던 명작 드라마 〈부부의 세계〉. 평소 밥 때 말고는 TV를 잘 보지 않지만, 채널을 돌리다가 김희애 씨가 나오기에 얼른 채널을 고정했다. 어떤 분야에서건 동년배인 사람이 국내 최고이면 괜히 우쭐하고 응원하고 싶어진다(이를테면 백종원 님처럼). 서로 모르는 사이지만, 같은 해에 초등학교 들어가서 쉰이 넘도록 모든 제도와 역사를 함께한 동지들이니까. 그래서 보게 된 이 드라마는 어찌나 재미있는지 몇 년 만에 주말만 기다리며 본방사수했다.

김희애 씨의 연기에 놀라고, 극 중 남편을 욕하다 보니 1부가 끝났다. 1부 마지막 편에서 남편 놈은 바람을 피워서 이혼당하고 임신한 상간녀와 쫓겨나듯 고향을 떠났다.

아, 꼴좋다, 하는 사이에 세월은 자막으로 흘러서 2년 후, 개털이 되어 고향을 떠난 남편은 어마어마한 부자가 되어 고향에 돌아왔다. 천만 영화를 만들었다고 한다. 바람피워서 신용도 잃고 이혼당해서 개털 된 인간이 2년 만에 천만 영화를 만들어 부자가 됐다고? 아무리 드라마지만 천만이 복남이네 개 이름도 아니고 말이다. 드라마에선 개봉 중이라는데 정산이 벌써 됐나. 아마 영화 관계자들은 그런 스토리에 천만 영화가 개나 소나 뚝딱 만들어서 나오는 줄 아나, 하고 피식하지 않았을까.

아는 만큼 보인다고, 드라마에서 자기 직업 혹은 자기가 아는 직업이 나오면 "저거 말도 안 돼, 말도 안 돼" 하고 흥분할 때 있을 거다. 나는 속내를 좀 아는 출판사나 여행사 이야기가 나오면 날카로운 시청자 모니터 모드가 된다. 현실과 동떨어진 게 많다. 그래서 드라마겠지만. 번역가는 자주 등장하는 직업은 아닌데, 오래전에 본 것 중에서 지금도 잊히지 않는 장면이 있다. 전업주부로 살던 주인공이 남편의 외도로 이혼을 한다. 뭘 해 먹고살지 막막해하다 편집자인 친구를 찾아간다. 사정을 얘기하고 번역거리 있으면 좀 달라고 하자, 친구는 "잠깐만" 하고 사무실로 들어가더니, 바로 다자이 오사무 문고본을 갖고 와서 번역해오라고 맡긴다. 나도 그런 친구가 있었으면 고생 덜했을 텐데 부러웠다. 그렇긴 한데, 계약서는 쓰지 않고? 번역료도 정하지 않고? 서로 우정만 믿고 그렇게 번역 거래해서도 되는 건가요. 무엇보다 초보에게 다자이 오사무를? 다자이 오사무 번역하다 식겁한 적 있는 현직 번역하는 사람으로서 말도 안 되는 얘기에 일단 흥분.

아무리 친구가 편집자여도 번역을 할 때는 절차가 있다. 번역료를 정하고, 마감일을 정하고, 계약서에 사인도 하고. 친구가 편집장이라면 몰라도 그 아래 사람이라면 상사에게 결재도 받아야 할 터. 그 자리에서 옜다 이거 가져가서 번역해라, 할 수 있는 게 아니다. 그것도 무경력자에게 말 떨어지자마자 바로. 물론 그랬던 시절이 있긴 하다. 내가 처음 번역 시작할 때 그랬다. 그 출판사에는 일본 소설이 잔뜩 쌓여 있었고, 대표님이 거기서 한 권을 척 꺼내주며 "이거 번역 한번 해봐요"라고 했다. 소개를 받아 갔고, 해외 저작권 개념이 없던 시절이고, 대표이니 가능했던 일이다. 계약서도 없었다. 그러나 이건 30년 전, PC통신도 인터넷도 없던 시절 얘기다. 지하철이 4호선까지밖에 없던 시절, 번역료가 지금의 10분의 1이던 시절.

나도 그렇지만, 속내를 아는 직업군이 아닌 다음에야

대체로 TV에 나오는 그대로 믿는다. 저런 장면이 나오면 시청자들이 번역이란 걸 저렇게 간단히 초짜한테 맡겨도 되는 일이라고 생각하지 않을까, 잠시 걱정했다. 그러나 대부분 무심히 보고 무심히 흘려 넘기겠지. 한 맺힌 여인처럼 TV 한 장면을 이렇게 가슴에 담아두고 있는 시청자는 나밖에 없지 않을까?

500부 사인 도전

별별 사연을 안고 산문집 『귀찮지만 행복해 볼까』가 나왔다. 어머나, 너무 예쁘잖아. 결과물이 마음에 쏙 들어서 그동안의 우여곡절은 단숨에 '한 송이 국화꽃을 피우기 위해 봄부터 그리 운 소쩍새'의 울음소리로 승화했다. 뇌가 단순하기 그지없다. 책 속은 차마 펼칠 용기가 나지 않아서 보지 못했지만, 외적으로는 모든 것이 마음에 쏙 들었다.

책을 쓰고 나서 가장 큰 욕심은 딸에게 인정받는 것이었다. 친구들에게 우리 엄마가 쓴 책이라고 자랑할 수 있는 책이라면 더 바랄 게 없겠다고 생각했다. 그래서 책이 오자마자 정하가 방에 들고 가서 다 읽고 나올 때까지 얼마나 떨렸는지. 한참 뒤에 정하가 "엄마, 대박! 너무 잘 썼어! 어쩌면 이렇게 잘 썼어!"하고 감격해서 책을 들고 나왔을 때, 비로소 소기의 목적을 달성했다는 생각에 마음이 놓였다. 그다음 책의 성쇠는 하늘의 뜻……이라고 마음을 비웠다. 그런데 하늘이 뜻이 없었던 걸까. 끝날 듯 잠잠해져가던 코로나19였는데, 출간 즈음하여 신천지가 기름을 붓는 바람에 세상이 온통 뒤숭숭해졌다. 오프라인 서점의 상황이 암울해졌다. 서점 매대 광고를 잔뜩 예약해놓았다고 자랑하던 출판사 대표님은 한숨을 쉬었다.

그러나 감사하게도 온라인 서점 반응이 좋았다. 책이 나온 지 보름 만에 2쇄 3,000부를 찍는다는 소식과 함께 출판사에서 이런 연락이 왔다.

"선생님, 알라딘 인터넷 서점에서 저자 친필 사인본 이벤트를 하자는데요. 하시겠어요?"

한 100부쯤 하는가 했더니 500부라고 했다. 500부라니. 어쩌다 10부만 사인해도 종일 누워서 헐떡거리는 비루한 체력의 내가 할 수 있을까. 설령 한다 치더라도 누가 내 사인본을 살까. 책이 나가지 않아서 몇 달 동안 '작가 사인본 이벤트'가 걸려 있으면 그것도 무지하게 쪽팔릴 텐데. 짧은 순간 많은 생각이 들었지만, 답은 정해진 일이었다. "할게요. 뭐라도 해야죠!"

일단 주위에 한바탕 자랑을 한 뒤(얼마나 영광인가) 붕붕 뜬 마음이 가라앉고 나니, 다시 노동에 대한 두려움이 밀려왔다. 나는 연약한 갱년기 사람. 500부 사인이 사인(死因)이 될지도 모른다. 과연 하루 동안에 가능한 일일까.

고민하다가, 이럴 때는 경험 많은 사람에게 이메일 찬스! 정세랑 작가에게 사인본 쓰기 팁을 물어보았다. 그랬더니 이렇게 친절한 답장이 왔다.

(…)

이벤트용 사인은 보통 짧은 문장+사인으로 하시면 되는데, 이렇게 하실 때에는 날짜는 빼셔도 됩니다! 날짜까지 쓰시면 정말 세월아 네월아가 될 거예요. 만약 사인만 하시면 사인+날짜고요.

500부면 네 시간에서 여섯 시간이 걸릴 것 같습니다. 사인펜은 마찰 때문에 곧바로 손목과 팔이 아파오므로, 사실 제일 좋은 것은 붓펜 종류더라고요. 마찰이 없고 빨리 마르거든요! 만년필도 괜찮긴 한데 잘 마르지 않아 문제가 생기더라고요.

자세 유지에 도움이 되는 방석 같은 게 있다면 좋지 않을까요? 파스나 손목 지지대도 좋을 것 같습니다. 저는 책이 아니라 면지만 받아서 인쇄 전에 2500부까지 해본 것 같아요. 그렇게 하는 데 일주일이 걸렸습니다. 하루에 400부 정도 한 것이지요.

오, 랑세주님! 실제로 해보니 이것은 완전 꿀팁이었다. 날짜 빼는 것도 붓펜도 신의 한 수였다. 사인펜으로 할 때처럼 뻑뻑 소리도 나지 않고, 손목에 부담도 가지 않았다.

이해인 수녀님이 사인하실 때 스티커 붙이는 것이 예뻐 보여서 하트 스티커까지 구입하여, 드디어 사인하러 출판사로!

혼자 외롭게 묵묵히 사인하는 줄 알았더니, 감사하게도 출판사 식구들이 살뜰하게 도와주었다. 한 사람이 표지 넘겨주고 내가 사인하면 다른 사람이 스티커 붙여주고 또 다른 사람이 부채로 붓펜 글씨를 말리는 순서로 분업. 여유분도 별로 없는데 15권이나 실수를 했고, 장장 아홉 시간이 걸렸고, 마치고 온 뒤 며칠 동안 사인 불명의 사체처럼 널브러져 있었지만, 너무나 보람찬 작업이었다. 사인하는 동안 편집자와 마케터와 긴 시간 수다를 떤 것도 즐거운 기억이었다. 언제 또 그렇게 젊은이들과 허물없이 대화를 하겠는가. 마침 〈배철수의 음악캠프〉에서 읽어주는 내 책 속의 한 챕터도 '다시 듣기'로 같이 들었다. 몸은 힘들지만 행복한 시간이었다.

못 쓴 글씨가 인터넷에 박제되면 수치이기도 하고, 나는 1 대 500이지만, 받는 사람에게는 1 대 1이니 단 한 권도 성의 없는 사인을 하면 안 된다는 생각에 마지막까지 정신줄 놓지 않으려고 애썼다. 그래서 아홉 시간이나 걸렸는지도 모르겠다. 아니나 다를까, 며칠 뒤부터 인터넷에 사인 사진이 드문드문 올라왔다. "봄에는 행복(하트 스티커) 권남희 드림" 이렇게 쓴 귀여운(?) 사인이. 수치사(死)할 정도는 아니어서 마음을 놓았다. '작가 사인본 이벤트'도 열흘 뒤에 끝났으니, 500부 사인하기는 망신살 뻗치는 일 없이 무난히 마무리. 도전 성공!

내 책이라고
말하고 싶었다

1.

『귀찮지만 행복해 볼까』가 나온 지 두 달이 지나서야 교보문고에 책을 보러 갔다. 그것도 약속이 있어서 광화문 나간 길에 10분 정도 시간이 남아서 부랴부랴. 지금쯤 매대에서 사라져 서가에 있지 않을까 했지만, 다행히 매대에서 꿋꿋하게 반짝이고 있었다. 게으른 주인이 한 번도 찾아오지 않아서 미안해. 매대에 놓인 노랗고 초록한 책 표지를 내려다보는데 뭉클했다.

자발적 자가격리가 체질이라 이렇게 집 밖에 한번 나가는 데 큰 힘을 들이지만, 한때는 출근하다시피 이 서점에 다닌 적이 있었다. 번역 초보 시절에도 그랬고, 다시 초심으로 돌아갔던 10년 차 때에도 그랬다. 어떤 사람들이 어떤 책을 쓰는지, 어떤 출판사에서 어떤 일본 번역물을 내는지 시장조사를 하기 위해서였다. 그것은 불빛 한 가닥 없는 탄광에서 삽질하는 것처럼 막연하고 막막한 행위였다. 출판사의 연락처를 적어 와서 메일을(PC통신으로) 보내거나 전화를 걸곤 했다. 일 좀 주십시오, 하고. 노력은 대단했지만 효과는 없었다. 일은 들어오지 않았으니. 하지만 해봤자 안 될 거라고 방구석에서 아무것도 하지 않는 것보다 낫다는 것은 지금의 나로 증명할 수 있다.

수많은 책 속에 얌전하게 있는 내 산문집을 바라보는 짧은 시간, 설운 시절의 추억이 떠올라 또 울컥했다. 차오르는 감동을 음미하고 싶었지만, 약속 시간이 다 됐다. 기념으로 책을 한 권 들고 계산대 앞에 섰다. 계산해주는 분에게 내 책이라고 자랑하고 싶었다. 그러나 주책이라 하겠지. "그래서요?"라고 하면 민망하겠지. 카드를 천천히 받고, 책을 천천히 가방에 넣고 돌아서려다 결국 용기 내어 표지를 가리키며 말했다.

"이거 제가 쓴 책이에요."

그랬더니 중년의 직원분이 무표정하게 이렇게 말했다.

"아, 그러세요."

다행이다. "그래서요?"라고 하진 않았어. 오호호.

2.

10개월쯤 지난 뒤에 역시 약속이 있어서 나간 길에 책의 안부를 확인하러 들렀다. 매대에는 당연히 없었지만, 검색해서 책의 위치를 찾아 서가에 갔는데도 없다. 한참 찾고 있는데 마침 직원이 플라스틱 책 상자를 들고 와서 제일 먼저 꺼내 든 책이 『귀찮지만 행복해 볼까』였다.

"그거 저 주시겠어요" 하고 받으며 또 갈등했다. 아, 이거 내가 쓴 책이라고 말할까 말까. 그럼 얼마나 신기해할까. 서가에 꽂으려는 책을 받아든 사람이 작가라면. 나는 그런 드라마틱한 순간의 반응을 기대하는 데 반해 숫기가 없다. 갈등하느라 잠시 서 있었더니, 내가 선 서가 쪽에 꽂을 책을 들고 저 아줌마 언제 비킬까 하고 그분도 정지 동작으로 기다리고 있었다. 정신 차리고 얼른 계산대로 갔다.

서점에서 일하는 분들은 이런 식으로 작가를 만나는 일이 많겠지. 그럴 때는 어떤 느낌일까. 무라카미 하루키의 산문집 『무라카미 T』를 번역하다 그런 얘기를 보았다.

초대형 서점으로 유명한 미국의 '파웰스북스'에서 책을 잔뜩 골라 계산대에 가져갔더니 계산대 여성이 "무라카미 하루키 씨 아니세요?" 묻더란다. 그렇다고 하자, 즉석에서 사인회가 열린 모양이다. 사인을 잔뜩 해주고 답례로 서점 티셔츠 한 장을 받았다고. 무라카미 하루키는 "지금까지 신주쿠의 기노쿠니야 서점에서 꽤 많은 시간을 보냈지만, 가게에서도 계산대에서도 누가 말을 걸어온 적은 한 번도 없다. 어째서일까(물론 나로서는 굉장히 감사한 일이긴 하지만)"라고 썼다.

나도 무라카미 하루키 씨가 주위에 있어도 알아보지 못할 것 같다. 옆에 있는 아저씨 얼굴을 일단 보지 않겠지. 아마도 '파웰스북스'에서는 서양인 속의 동양인이어서 눈에 띄었는데 자세히 보니 무라카미 하루키 씨 닮았네, 물어보니 진짜네, 그렇게 된 게 아닐까. 눈썰미 좋은 직원 덕분에 그 서점 계 탔다. 좀처럼 사인회 같은 것 하지 않는 대작가를 티셔츠 한 장으로 모시다니.

87세 엄마도
운동하는데

보는 사람마다 운동을 하라고 한다. 그럴 때마다 하는 대답도 한결같다. "숨쉬기 운동도 버거워서요." 내가 얼마나 몸 움직이는 것을 싫어하는가 하면, 이제야 밝히는 비행이지만 중, 고등학교 때는 별별 핑계를 다 대서 빠질 수 있는 한 체육 수업에 빠졌다. 이것은 학창 시절 유일한 비행이었을 정도로 초중고 때의 나는 공산당보다 체육 시간이 싫었다. 사람은 바뀌지 않는다고, 그 천성은 지금도 여전해서 최대한 움직이지 않고 살고 있다. 덕분에 평생 날씬할 줄 알았던 몸도 중년이 되니 뱃살이 참치처럼 실해지고 체중도…… 하아.

이런 나와 달리 올해 87세인 엄마는 건강 예민증이어서 각종 병원에도 출근 도장 찍듯 다니지만, 운동도 열심히 한다. 하루는 엄마네 집에서 자는데 휴대폰 알람이 울렸다. 새벽 5시. 어디 갈 데도 없는 양반이 푹 주무시지 알람은 왜 맞춰놓았을까. 덩달아 잠이 깨서 속으로 투덜거리고 있는데, 엄마는 알람을 끄고 숨을 고르더니 누운 채바로 스트레칭을 시작했다. 놀라웠다. 이 몸, 고등학교 체육 시간 이후 스트레칭이라곤 해본 적이 없는데. 엄마의 스트레칭은 좀 코믹했다. 당신은 다리를 쫙쫙 올렸다 내렸다 한다고 생각하겠지만, 실제로는 바닥에서 살짝 떨어졌다 붙었다 하는 정도였다. 평소 노인 보행기가 없으면 걷지 못한다. 그 불편한 다리로 스트레칭을 하는 것이다. 아침 식사 후에 한 주먹의 약을 먹고 좀 쉬더니, 이번에는 실내 자전거를 1000번 탔다. 일일이 횟수를 세면서 탄 뒤에 종이에 적기까지 했다. 대단하다. 매일 오후 4시가 되면 운동을 하러 나간다고 한다(동절기에는 오후 2시). 동네 할머니들과 수다도 떨고 걷기도 하며 두 시간을 보낸단다. 하루도 거르지 않고 일정한 시간에 일정한 운동을 한다. 그런 엄마의 몸에서 어떻게 이렇게 움직이기 싫어하는 인간이 나온 걸까?

큰마음 먹고 산 러닝 머신은 열 번도 쓰지 않고 관상용 철조물로 있다가 구청에 무료 수거를 신청해서 처치했다. 인터넷에서 반짐볼로 다이어트 성공했다는 글을 보고 바로 구매한 반짐볼은 다이어트는 되지 않고 반짐만 되었다.

　주변인들도 지쳐서 운동하란 소리 하지 않는 요즘, 자발적으로 운동을 해야겠다는 생각이 들기 시작했다. 운동할 의지조차 없던 예전에 비하면 장족의 발전이다. 의자에서 일어날 때면 골반을 중심으로 한 뼈들이 "인간아, 제발 좀 돌아다녀줘" 하고 아우성을 친다. 뼈들이 파업하면 큰일이다. 이제 걷기 운동이라도 해야겠다.

일본 소설
붐이었던 시절

일본 소설이 한창 붐이었던 시절이 있다. 일본 소설이 엄청나게 쏟아졌다.

그때 모 일간지 기자님이 전화 인터뷰로 "왜 일본 소설이 이렇게 인기가 있다고 생각하세요?"라고 물어서 어버버버 했던 기억이 난다.

전화도 못하고 인터뷰도 못하는데 '전화 인터뷰'라니 사약이다. 단어도 생각나지 않고, 사고 회로도 멈추었다. 무슨 헛소리를 했는지 전혀 기억나지 않는다.

나도 그 붐을 타고 운 좋게 이 바닥에 자리를 잡았지만, 정말로 왜 그렇게 일본 소설이 붐이었을까. 어느 해에는 시장 점유율이 한국 소설을 훌쩍 넘은 적도 있다. 아마 주로 책을 사는 젊은 계층의 취향이 무거운 것보다 가벼운 것, 문학적인 것보다 대중적인 것으로 바뀌면서 일본 소설을 찾게 된 게 아닐까. 사실 그 무렵에 재미있는 일본 소설이 많이 나오기도 했다. 원님 덕에 나팔 분다고, 나도 그 덕에 좋은 작품을 많이 번역했다. 프로필을 쓰려고 내가 뭐 번역했더라, 작업했던 작품들을 떠올리니 기억나는 것은 최근작이 아니라 대부분 10여 년 전, 그 시절에 번역한 작품이다.

그때 번역한 소설의 역자 후기 한 토막을 보면 일본 소설이 얼마나 붐이었는지 알 수 있다.

『우연한 축복』을 받아 들었을 때, 정말이지 아무런 기대감이 없었다. 오가와 요코 씨의 명성은 익히 알고 있었지만, 쏟아지는 일본 소설의 홍수 속에 작업할 양은 대책 없이 쌓여만 갔고, 이것은 그 쌓인 책들 중 한 권에 지나지 않았다. 그러니까 밤새 내린 눈을 아침에 일어나 치워야 할 때와 같은, 작업에 대한 부담감과 의무감으로 가득한 책이었다.[*]

이 책은 2008년에 나왔다. 얼마나 일이 많이 쌓여 있으면 저런 건방진 소릴 하고 앉았을까. 물론 그다음 내용은

* 『우연한 축복』(문학수첩, 2008년) 203쪽

부정적으로 시작한 내용의 결론이 다 그렇듯이 너무 좋았다로 끝나지만.

출판사 사정에 따라 출간 연도는 다르지만, 일본 소설 인기가 절정이던 2007년, 한 해 동안 내가 번역한 책 목록을 보면 이렇다.

1. 생각노트 (기타노 다케시)

2. 도련님 (나쓰메 소세키)

3. 두근두근 우타코 씨 (다나베 세이코)

4. 격투하는 자에게 동그라미를 (미우라 시온)

5. 내가 이야기하기 시작한 그는 (미우라 시온)

6. 마호로 역 다다 심부름집 (미우라 시온)

7. 옛날 이야기 (미우라 시온)

8. 황혼 (시게마쓰 기요시)

9. 애가 타다 (아시쿠라 가스미)

10. 슈거타임 (오가와 요코)

11. 우연한 축복 (오가와 요코)

12. 불안한 동화 (온다 리쿠)

13. 어쩔 수 없는 물 (이노우에 아레노)

14. 샹그리라 (이케가미 에이이치)

15. 열네 살 (지하라 주니어)

원고지 500매 내외의 얇은 책들이 여러 권 있어서 권수가 많긴 하지만, 잘나가는 작가들의 책이 저만큼 들어왔다는 사실이 경이롭고, 저걸 다 소화했다는 사실은 더 경이롭다. 지금은 절대 저렇게 하지 못한다. 인터넷과 스마트폰이란 방해 요소가 있어서 일단 무리고, 저 때도 비루하긴 했지만 그래도 30대 후반이어서 체력이 됐다. 그리고 삶이 절박했다.

그러나 붐이란 어차피 꺼지고 사라지기 마련이라 지금은 그런 과열 현상의 흔적도 볼 수 없다. 몇몇 잘나가는 작가만 명목을 유지하는 정도다. 내가 일본어 번역을 하는 사람이 아니었다면 바람직한 현상이라고 좋아했을 텐데, 밥줄과 관련돼서 순수하게 좋아할 수만은 없다. 후배들 일거리가 많이 줄었다. 그렇다고 일본 문학을 많이 읽어달란 말은 입이 찢어져도 할 수 없다. 그냥 한때는 그랬다는 얘기다. 사람이든 문화든 한 번쯤은 꽃이 피는 시기가 있고, 피었으면 지기 마련이겠죠.

정하는 번역 안 해요?

정하는 대학교에서 일본어를 전공했다. 그래서 사람들
이 종종 묻는다.

"정하는 번역 안 해요?"

번역가가 되길 바라진 않았지만, 그래도 사람 일이란
알 수 없는 것이니 입학할 때는 잠시 모녀 번역가를 상상
해보기도 했다. 역자 후기 속에서 성장하던 아이가 세월
이 흘러 역자 후기를 쓰는 사람이 되는 것도 재미있을 것
같다. 서점에 모녀가 번역한 책이 나란히 진열되어 있으
면 감격스러울 것 같다. 그러나 즐거운 상상은 여기까지.
하루도 이 일을 사랑하지 않은 날은 없지만, 자식에게 시
키고 싶은가? 하면 글쎄다. 엄마 찬스로 쉽게 시작할 수
는 있겠지만, 살아남으려면 실력과 근성이 있어야 한다.

살아남는다 해도 돈을 벌 수 있는 일은 아니다. 그런저런 이유로 추천하고 싶지 않았는데, 다행이라면 다행히도 정하가 대학 생활 하는 걸 보니 번역할 가능성은 거의 0에 가깝도록 희박했다. 집순이가 체질인 나와 달리 이 말괄량이 삐삐 같은 아이는 돌아다니는 걸 좋아한다. 3일만 집에 있으면 우울증 걸릴 것 같다고 한다. 번역은 엉덩이가 무거워야 하는 일이라 여기서 일단 아웃. 성향도 맞지 않고 재능도 보이지 않고 시킬 생각도 없고, 결정적으로 본인이 할 생각이 없어 보여서 정하가 번역가가 되는 상상은 조기에 끝냈다.

취업 걱정을 해야 하는 4학년쯤 되니 정하는 진심으로 나를 부러워하며 이런 말을 했다.

"엄마 직업 진짜 개꿀이야."
"맞아. 너도 해봐."
"아니야. 내가 못하면 엄마까지 욕먹잖아."

그렇다. 둘 다 욕먹을지도 모른다. 가벼운 글을 번역시켜보면 곧잘 하긴 했지만, 둘 다 쿠크다스 멘탈이라 욕먹으면 감당 못할 것이다. 정하가 졸업할 무렵이 되자, 친한 편집자들이 "선생님, 정하 씨는 번역할 생각 없어요? 검토서 의뢰해도 될까요?” 하고 고마운 제안을 해주었다. 아, 천금 같은 기회인데, 하는 아쉬움이 들었지만, 두 번 생각하지도 않고 “아직 실력이 부족해서요” 하고 정중히 사양했다.

한 줄 정리. 정하는 번역할 계획이 없다.

번역료가
오른 이유

7년 전에 작업한 적 있는 출판사에서 번역 의뢰 메일이 왔다. 반갑게 수락하고 그때보다 500원 오른 번역료를 말했다. 계약합시다, 해놓고 번역료는? 어, 안 맞네, 이러면 서로 민망하니 미리 말해두는 게 좋다. 답장이 없기에 번역료가 맞지 않아서 하지 않나 보다 하고 넘어갔다. 무소식이 NO소식이어서 답장이 없는 것도 답장이다. 그러다 잊고 있을 즈음 메일이 왔다.

이사님이 7년 전보다 번역료가 올랐는데 번역료 상승과 관련하여 다른 이유가 있는지 확인해달라고 하십니다.

어머, 7년 전보다 짜장면값도 오르고 교통비도 오르고

빵값도 오르고 다 올랐는데, 번역료는 오르면 안 되는 '다른 이유'라도 있는지 되레 반문하고 싶었다. 세상에서 제일 오르지 않는 게 번역료 아닌가. 정부에서, 혹은 협회에서 때 되면 돈 올려주는 업계는 정말 행복한 것이다. 번역하는 사람은 아무도 관심을 갖지 않는다. 본인이 알아서 소심하게 몇 년에 한 번쯤 500원(원고지 장당) 올려달라고 말을 꺼내서 올려주면 올라가는 것이고, "단군 이래 최대 불황이어서요" 하고 출판사에서 죽는 소리하면 "아, 그렇죠" 하고 물러서는 것이다. 출판사에서 먼저 "몇 년째 번역료가 그대로이신데 올려드릴게요" 이러는 곳은 절대 없다. 그렇다고 불만은 갖지 않는다. 프리랜서는 자기 몸값을 자기가 올리는 것이므로.

평소 업무 메일을 받으면 바로 답장하는 편이지만, 일단 어이없는 질문에 흥분을 가라앉히느라 며칠을 보냈다. 정중하게 "세상 물가가 다 오르는데 번역료도 오르는 게 당연하지 않을까요?^^"라고 답장을 보낼까, "그 번역 맡지 않겠습니다" 하고 밥상 엎는 이모티콘이라도 보낼까.

결국 행간에는 화난 게 보였겠지만, 겉으로는 차분하게 7년 동안 500원 오른 '다른 이유'를 써서 보냈다. 그런데 생각해보니 그 출판사에서는 7년 전에도 다른 출판사보다 번역료를 500원 적게 주었다. 그래서 번역료를 간 크게

7년 동안 1,000원이나 올리다니, 하고 질문을 한 것 같다. 편집자는 정중하게 사과 메일을 보냈지만, 편집자가 무슨 잘못이 있겠는가.

징크스는 아니지만, 처음 시작할 때 번역료를 흥정하는 곳은 그 뒤에도 결제 문제든 작업 문제든 순조롭지 않은 경우가 많다. 이 출판사도 예외는 아니어서 결제로 애를 먹였다. 계약금이 무려 8개월 뒤에 입금됐다. 계약금은 계약서 받고 바로 다음 날 입금하는 출판사도 있지만, 보통 1개월 이내 입금이다. 물론 나라가 법으로 정한 것은 아니므로 더 늦는 곳도 있다. '일부 작업을 해서 보내면 그 시점에서 1개월 뒤에 계약금을 보냄'이란 기상천외한 계약 개념의 대형 출판사도 있다. 그러나 이런 곳도 1개월 이내 결제로 요구한다. 이 출판사도 계약서에는 1개월 이내로 되어 있다. 아마 이 글을 읽는 분들은 "설마! 8개월 동안이나!"라고 하시겠지만, 사실입니다. 번역 원고까지 넘겼는데 계약금과 번역료를 주지 않다니. 8개월째가 되자, 인내심의 한계가 느껴졌다. 독촉 전화 한 통 하지 않고 이따금 정중하게 메일만 보냈더니 가마니인 줄 안다. 좀 세게 써야지, 하고 SNS에 출판사 이름을 공개하겠다고 메일을 보냈다. 그랬더니, 정확하게 40분 뒤에 입금이 됐다. 참고로

나는 SNS를 하지 않는다.

다시는 생각하기 싫은 너무 지긋지긋한 기억의 출판사였는데, 누가 그 출판사랑 일한다고 하면 절대 하지 말라고 말리고 싶을 정도였는데, 그 이후에도 일을 했다는 것이 실화입니다. 일이란 게 감정 문제, 돈 문제를 떠나서 꼭 해야만 하는 이유가 있을 때가 있다. 신기하게도 그 후에 작업할 때는 완전히 '우리 출판사가 달라졌어요' 버전이었다. 결제가 며칠 늦어지니(전적이 있어서 기다리지도 않았는데) 그 '이사님'이 늦어서 미안하다고 직접 문자까지 보냈다. 예전에 비하면 거의 칼 결제 수준이었다.

사람이란 게 단순해서 앞에 있었던 일은 뒤에 하는 행동으로 다 잊힌다. 나라와 나라도, 개인과 개인도, 이렇게 이해하고 오해하고 화해하며 역사를 만들어간다. '다시는 너와' '너와는 절대로'라고 다짐했던 기억도 살다 보면 생기는 에피소드 중 하나가 돼버린다.

인세를 받는 게
좋을까

번역료는 대체로 매절로 받고 있다. 매절이란 그 책의 판매실적과 관계없이 원고지 장당 얼마의 작업료를 받는 것이다. 그런데 어느 날,

"번역가도 이제 인세를 받아야 합니다."

처음 만난 A출판사 대표님이 '매절+(일정 부수 이상) 1퍼센트'의 번역료를 제안했다. 출판사의 이익을 번역가와 나누고 싶으며, 출판사와 번역가가 같이 잘살아야 한다고 강조했다. 오, 정말 훌륭한 마인드의 대표님이다. 이런 말씀을 해주는 분은 지금까지 만나본 적이 없다. 다른 동료 번역가의 인세를 얘기해주는데 깜짝 놀랐다. 그 정도 수입이면 번역가가 돈을 못 벌기는커녕 고소득 직종이다. 30년을 해왔지만, 다람쥐 쳇바퀴 돌듯 조금도 나아지지 않는 가정

경제의 이유를 알 것 같았다. 매절 번역료는 쥐꼬리만큼씩 오르고, 나이를 먹을수록 작업량은 떨어지니 수입이 오히려 줄고 있는 것이다. '매절+(일정 부수 이상) 1퍼센트'의 번역료는 그래서 상당히 매력적으로 느껴졌다.

인세 얘기는 아니지만, 비슷한 시기에 이렇게 공생하고자 하는 마인드의 B출판사가 또 나타났다. 편집자는 작업 의뢰 메일을 보내며 이렇게 얘기했다.

저희는 시장에서 최고 대우인 번역료에 10퍼센트를 더 드리고, 책 판매가 잘되면 인센티브를 드리기로 했습니다. 번역가 선생님들, 번역 시장의 상황을 알아보면서 선순환이 필요하겠다고 생각해서였죠. 저희 출판사가 최종적으로 생각하는 것은 책을 많이 보는 사회, 전업 작가, 전업 번역가 등 전업으로 활동하실 수 있는 분들이 많아지는 사회를 만드는 것입니다.

이것은 '우리나라 좋은 나라'가 되어가는 징조인가. 지금까지 들어본 적 없는 아름다운 얘기들이 잇따라 들려오다니. 다른 출판사들은 왜 지금까지 이런 훌륭한 생각을 하지 않았을까? 하고 생각했으나 내가 출판사 대표여도 하지 않았을 것 같다. 굳이 번역가의 가계를 걱정하지 않아도 일하고 싶어 하는 번역가는 널렸으니까. B출판사의 아쉬운 점은 최고 대우에 10퍼센트를 더 올렸다며 주는 금액이 내가 원래 받던 번역료였다는 것. 내가 많이 받는 것은 아닌데 번역료가 그만큼 낮다. 그러나 그 뜻이 감사하므로 토를 달지 않았다.

귀가 얇은 나는 A출판사 대표님의 조언대로 한동안 번역 의뢰가 들어오면 '매절+(일정 부수 이상) 1퍼센트'의 번역료를 제시했다. 이때 매절 번역료는 당연히 100퍼센트 매절일 때의 번역료보다 적다. 그러나 이익을 나누려면 리스크도 나누어야 하는 법. 약간 모험하는 기분이긴 했지만, 장기적으로 보면 좋은 방법이라고 생각했다.

그런데 이 방법으로 몇 권을 해보니 이것도 정답은 아니었다. 베스트셀러나 스테디셀러가 되지 않으면 손해를 보는 방식이다. 최소 2~3만 부는 나가야 원래의 매절 번역료를 확보할 수 있는데 현실은 초판 3000부 나가는 것도 버거운 게 출판 시장. 그리 바람직한 방법은 아니었다. 가장 좋은 것은 만병통치약, '케이스 바이 케이스'.

아, 그러고 보니 더불어 잘살겠다는 인류애 넘치는 B출판사는 원고를 넘긴 지 3년이 지났는데 아무런 연락이 없다. 사실은 그때 처음 들어서 출판사 이름도 생각나지 않는다. 다만 번역하며 이렇게 형편없는 책을 내도 되는가, 생각했던 기억은 난다. 바람직한 마인드를 가진 B출판사 같은 곳이 대박 나서 전업 작가, 전업 번역가 들과 더불어 잘살아야 할 텐데 책이 이렇게 구려서 어쩌나, 걱정했던 기억이 선명하다. 어쩌면 출판사에서도 이 책을 내도 되나 갈등하느라 작업 진행을 못 하고 있는지 모르겠다. 파, 파이팅…….

신춘문예로 만난 인연

신춘문예 심사

〈한국경제신문〉의 신춘문예 수필 부문 심사를 맡아주지 않겠느냐는 메일이 왔다. 아, 신춘문예, 이는 '듣기만 해도 가슴이 설레는' 단어다. 학생 때부터 신춘문예 당선작을 보려고 새해 아침의 잉크 냄새 나는 신문을 기다렸던 기억이 선명하다. 언젠가 나도 꼭! 하고 신춘문예 도전의 꿈을 꾸기도 했지. 어른이 되어 만난 중, 고등학교 동창들은 어김없이 그런 말을 했다.

"신춘문예 당선자에 혹시 네 이름 있을까 봐 해마다 챙겨봤어."

미안하게도 게으른 나는 끝내 도전하지 못했다. 그런데 영광스럽게도 심사위원이라니. 내가 그럴 자격이 있을까

망설였지만, "본인 산문집도 여러 권 내셨고 무라카미 하루키를 비롯해 많은 산문집을 번역하셔서"라는 담당자의 말에, 그래, 번역한 산문집이 100권 가까이 되니까 조금은 안목이 생겼을지도 몰라, 하고 무식하고 용감하게 "콜!"이라고 답장을 보냈다.

얼마 후, A4 용지의 원고 더미와 마주하게 됐다. 무척 설렜다. 한 문단만 읽으면 계속 읽을 글인지 판가름 나지만, 탈락 여부를 떠나서 누군가가 정성껏 쓴 이야기를 끝까지 들어주고 싶어서 한 줄도 놓치지 않고 읽었다. 의외로 응모자의 연령대가 높아서 놀랐다(아무런 개인정보 없이 원고만 받았지만, 글에서 보인다). 그러고 보니 문학소녀, 문학소년이란 말을 듣기 어려운 세상이긴 하네. 수필의 이름을 빌려서 한 많은 인생을 쏟아놓는 필자들이 많았다. 그래서 소재도 대부분 가난, 암, 어머니, 아버지, 젊은 시절의 고생. 작가가 된 심정으로 정성껏 쓰신 어르신들 모습이 그려졌다. 아마도 수필 동호회 회원들의 참여도가 높은 듯 실력도 비슷하고 열정도 비슷하고 포맷도 비슷하다. 그보다 젊은 층의 글은 코로나, 취업, 실업, 죽음. 설레며 읽던 마음이 점차 숙연해지다 못해 무거워졌다.

삶을 심사하는 게 아니라 글을 심사하는 것이야, 하고 굳게 마음먹어도 어느 한 편도 떨어뜨리기가 송구스럽다. 오디션 프로그램처럼 '탈락, 보류, 합격'으로 상자를 분류해놓고 읽던 중에 구세주처럼 유난히 반짝이는 글을 발견했다. 유성은 씨의 「인테그랄」이었다. 흑백인 내 어린 시절 기억 속에 유일하게 컬러로 기억되는 한 컷이 있는데, 파란 겨울 하늘과 남의 집 대문 앞에 놓인 하얀 병우유와 그해에 전국적으로 유행한 색색의 루빅스큐브가 있는 풍경이다. 「인테그랄」을 읽었을 때 딱 그 풍경이 떠오르며, 이 작품이야말로 새해 첫 신문에 실리기에 안성맞춤이라고 생각했다. 성격도 사고방식도 전혀 다른 수학자 남편과 합을 맞추어 살아가는 평범한 얘기를 담백한 문장으로 편안하게 쓴 산뜻한 글이었다.

각자 뽑은 몇 편의 글을 들고 세 명의 심사위원이 모였다. 마음산책 정은숙 대표님, 문학평론가 정여울 선생님, 그리고 나. 청심환을 먹고 가려고 했는데 정하가 첫 출근하는 날이라 정신이 없어서 잊어버렸다. 아, 떨려. 내가 뽑은 글들을 잘 설명할 수 있을까. 심사 회의가 시작되고 담당 기자님이 앉은 순서대로 심사 총평을 물었다. 두 분의 훌륭한 총평 뒤에 내 차례였는데, 내가 무슨 소리를 해봐야 군더더기다. 그래서 "앞에서 다 말씀하셔서……" 했더니 바로 넘어가주었다. 속으로 '아싸!'를 외치고 있는데, "이번에는 권남희 선생님부터" 하고 각자 뽑은 작품을 설명하라고 한다. 헉, 아, 음, 그냥 너무 좋은 작품이라고 짧게 몇 마디 했다. 최종심에 오른 작품들을 평가할 때, 두 심사위원님이 나보다 더 「인테그랄」을 칭찬하셨다. 「인테그랄」은 그렇게 만장일치 당선작으로 뽑혔다. 아, 살았다. 심사를 맡을 때부터 가장 걱정한 것은 내가 뽑은 작품이 너무 유치해서 망신을 당하지 않을까 하는 것이었는데.

심사를 마치고 담당 기자님이 "보통 본인이 뽑은 작품을 밀려고 열변하시는데 이번에는 오히려 선생님은 겸손하게 간단히 말씀하시고 다른 분들이 열변을 해주셔서 참 보기 좋았습니다"라고 했다. 의도치 않게 겸손한 심사위원이 됐습니다.

정은숙 대표님과 정여울 선생님한테 잘 묻어간 덕분에 설렘과 걱정 가득했던 신춘문예 심사는 무사히 끝났다. 그러나 심사했던 원고의 내용들은 아직도 마음속에 남아서 가끔 그 사연들이 떠오른다. 어른들은 종종 "내 얘기를 소설로 쓰면 책으로 몇 권은 나와"라는 말을 한다. 응모한 수필들은 그런 대하소설의 시놉시스가 아닐까. 그분들이 계속 자신의 이야기를 쓰셨으면 좋겠다. 글이란 게 허가를 받거나 자격증을 따야 쓸 수 있는 건 아니니까.

신춘문예 시상식에서

신춘문예 시상식에 참석했다. 이렇게 좋은 글을 쓰는 유성은 씨는 어떤 사람인지 만나보고 싶었다. 하지만 코로나로 인해 시상식은 순수하게 '시상'만 해서 당선자들과 인사하거나 같이 식사하거나 이런 순서가 생략됐다. 그렇잖아도 떨리는 마음으로 앉아 있는데, 유성은 씨가 수상할 때 꽃다발을 좀 전달해달라고 했다. 사람들 앞에 나가는 건 쥐약이지만, 심사위원답게 태연한 척하며 그러겠다고 했다. 시상식이 시작되고, 앞사람들이 어떤 타이밍에 꽃다발을 전달하는지 유심히 지켜보았다. 드디어 수필 부문 시상 차례, 타이밍 맞추어서 사뿐사뿐 나갔다. 이제 유성은 씨에게 "축하합니다" 하고 꽃다발을 건네면 되는데, 아이쿠. 반대쪽에서 온 남편분이 먼저 꽃다발을 주는 바람에 유성은 씨가 미처 내 쪽을 보지 못했다. 그러자 진행 요원이 시상하는 분께 일단 꽃다발을 드리라고 해서 그분한테 전달하고 내려왔다. 유성은 씨와 멋진 투샷이 나올 뻔했는데 아쉬웠다.

이어서 각 부문 당선자들의 당선 소감. 글 쓰는 사람으로 갓 세상에 신고식을 한 분들의 소감은 감동이었다. 그래서 초심을 잃지 말라고 하는 모양이다. 유성은 씨의 소감은 이러했다.

"남편 연구실에서 일본 수학자가 쓴 산문집 한 권을 발견했다. 저자는 수학을 왜 연구하냐는 물음에 그저 들꽃같이 피어 할 일을 하는 것뿐이라고 말했다. 누가 내게 글을 왜 쓰냐고 묻는다면 나도 그렇게 말하고 싶다. 앞으로도 들꽃으로 열심히 피어 있겠다."

시상식이 끝난 뒤, 나는 좀 멀리 떨어진 유성은 씨 자리로 가서 명함을 건네며 축하 인사를 했다. 긴 얘기를 할 분위기는 아니어서 몇 마디 당선작 칭찬을 건네고 돌아왔다. 그렇게 짧은 인사라도 하고 와서 다행이었다.

그다음 날, 유성은 씨에게 전날은 떨려서 제대로 인사를 하지 못했다고 긴 감사의 메일이 왔다. 그 떨림 누구보다 잘 알지요, 라고 답장하는 김에 꽃다발 얘기를 했다. 정하가 들었으면 뒤끝 작렬이라고 했겠지만. 다시 날아온 유성은 씨의 메일을 읽고 빵 터졌다. 시상식 끝난 뒤에 집에 가서 부부가 "대체 이 꽃다발은 누가 주었을까?" 하고 궁금해했다는 게 아닌가. 두 사람 다 너무 긴장한 탓에 바로 앞에서 꽃다발 들고 있는 나를 못 본 것이다. 내 메일을 읽고 그제야 꽃다발의 수수께끼가 풀렸다고 좋아했다.

그 후 이따금 유성은 씨와 메일을 나누고 있다. 글쓰기를 좋아하는 집순이고, 이야기하기를 좋아해서 메일을 길게 쓰는 점이 꼭 닮았다. 수필 당선자의 유려한 문장을 읽는 즐거움이 크다. 심사위원과 당선자가 주고받는 메일로 『소피의 세계』나 『키다리 아저씨』 같은 편지 형식의 책이 나와도 좋겠다는 그의 아이디어를 마음에 담아두고 있다. 몇백 편 중에 선택한 한 편의 글로 맺은 인연은 또 어떤 꽃으로 필지 두근두근.

2

목욕탕집
딸이었던 역자

사전 편집자

출판사 이와나미쇼텐(岩波書店)의 나라바야시 씨는 내가 번역한 원서의 편집자였다. 10년 전, 한국어를 잘하는 그에게 『번역에 살고 죽고』를 보낸 걸 계기로 가까워졌다. 한동안 연락하지 못하다가 『귀찮지만 행복해 볼까』가 나왔을 때, 책을 보내려고 오랜만에 메일을 보냈다. 서울에서 나라바야시 씨를 만난 이야기와 소설 『배를 엮다』를 번역한 이야기가 책에 실려 있다고 썼다. 그랬더니 한국어로 날아온 그의 답장.

(…) 선생님과 건대입구에서 만나던 날, 오전까지 회사에서 일하고 나리타 공항 가기 전에 진보초에 있는 서점에서 『배를 엮다』를 샀죠. 그 당시에는 학술서 편집부에서

일했는데 지금은 『배를 엮다』 주인공의 모델인 분 밑에
서 『고지엔』* 편집을 하게 돼서 신기해요.

우와, 인연의 끈이 어떻게 이렇게 이어지고 있을까. 10년
전 만났을 때, 미우라 시온이 『배를 엮다』 취재차 사전 편
집부에 출근하다시피 했다는 에피소드를 들려주며 『배를
엮다』를 선물해주었던 나라바야시 씨가 사전 편집부로 갔
다니. 아, 이 책 속편은 내가 써야 하는 거 아닌가요.
　나는 얼른 메일을 보냈다. 산문집을 쓸 때 그 얘기를 넣
고 싶다, 소설 속의 사전 편집부와 실제 사전 편집부의 분
위기는 어떻게 다른지, 마지메의 모델이 된 상사는 실제
로 어떤 분인지 들려줄 수 있겠느냐고. 서너 줄만 들려줘
도 고맙겠다는 마음이었지만, 어린 두 아들 키우는 바쁜
엄마이니 긍정적인 기대는 하지 않았다. 그런데 다음 날
길고 긴 메일이 왔다(일본어로). 변변찮은 나의 산문집에
조금이라도 도움이 되어주려는 마음이 절절히 느껴졌다.
전율이 이는 감동. 현직 사전 편집부 편집자의 글은 뭔가
또 한 편의 『배를 엮다』를 읽는 기분이었다. 주인공 마지
메는 소설 속에나 존재할 인물이라 생각했는데, 그의 상

* 1955년부터 간행된 신뢰도 높은 일본의 국어사전

사는 마지메와 다름없는 성실 캐릭터였다. 그 팽팽한 긴장 속에 교류와 친목도 없이 각자 자기 일만 묵묵히 하는 사전 편집부 분위기가 리얼하다. 좀처럼 들을 수 없는 흥미로운 이야기여서 메일 전문을 올려도 될지 물어보았더니, "누군가에게 할 기회가 없었던 얘기를 하게 되어 후련하다"라며 선뜻 허락해주었다. 다음은 나라바야시 씨가 보내준 글이다.

이와나미쇼텐 사전 편집부 이야기

『고지엔』편집부에는 여성 과장이 한 명 있고, 그 위에 부부장(副部長)인 남성 상사가 있습니다. 이 사람이 바로 『배를 엮다』주인공인 마지메의 모델이라는 말을 듣는 분이죠. 모든 편집부를 총괄하는 직책인 부장이 있고, 부부장은 그 아래 직위로『고지엔』편집부에서는 이 사람이 책임편집자가 됩니다(편집장이란 말은 쓰지 않습니다). 엄청난 집중력으로 정확하기 이를 데 없는 일을 하는 사람이랍니다.

2018년 1월 간행된『고지엔』최신판(제7판) 개정 작업 때는 10여 명의 편집부원이 교정지를 분담하여 읽고 교열을 했는데, 이런 교정지를 그는 혼자서 일일이 검토했죠. 25만 개 항목을 전부 훑어봐야 하니 작업량이 엄청나게 방대했는데 말이에요. 편집부원이 2, 3일 걸려 작업을 마친 교정지 한 권을 그는 두 시간 만에 훑어보면서 문제점을 수두룩하게 찾아내고 고쳤습니다. 25만 개 항목이니 교정지가 수십 권이나 되는데요, 책임편집자가 자기가 담당한 교정지를 체크할 때는 무진장 긴장된답니다! 때로는 불러서 앞으로는 이 점에 더 주의하라고 지적하기도 하거든요. 지적을 받지 않도록 작업 후 몇 번이나 재검토했는데, 어째서 그렇게 문제점이 나오는지……. 책임편집자는 좀처럼 회사를 쉬는 일이 없습니다. 심야나 주말에도 일을 합니다. 아주 드물게 "열이 나서 쉽니다" 하는 연락을 받을 때가 있습니다. 그가 없는 그의 책상에 몸이 좋지 않거나 스트레스가 심할 때 마신 듯한 카페인이 많이 든 에너지 음료가 있는 것을 보았을 때, 마음속으로 '내 작업 성과가 나빴던 탓일 거야…… 죄송합니다' 하고 사과했습니다. 알고 보니 그렇게 생각한 건 저뿐만이 아니었더군요.

하여간 일을 어찌나 정확하고 빠르게 하는지 성능이 뛰어난 기계 같다는 인상을 받을 때도 있습니다. 자타가 공인하는 완벽한 사람이라고 생각했어요. 사전 편집부 사람들은 너무 바쁘거나, 나이가 제각각이거나, 수줍음을 많이 타서 회식을 하거나 점심 식사를 같이 하러 가는 일은 기본적으로 없답니다. 정년퇴직자 송별회나 저자가 바뀔 때 친목회를 하는 정도죠. 그래서 개인적인 이야기나 속마음을 들을 만한 기회는 거의 없었어요.예를 들어 어디에 살고 아이가 몇 명이고 하는 것도, 사전 편집부 멤버가 된 지 꽤 지났을 때에야 알았답니다.

그래서 처음으로 책임편집자의 어릴 적 이야기나 편집 작업이 바빴을 때의 심경을 들었던 것은『고지엔』최신판이 나온 뒤, 책임편집자가 홍보차 토크쇼에 출연하거나 신문에 인터뷰한 기사를 통해서였다죠. 사람들 앞에서 말하는 것을 별로 좋아하지 않는데, 이번에는『고지엔』홍보를 위해 마음먹고 광고탑이 되려 한 것 같았습니다.

어느 대담회에서 이런 말을 했습니다.『고지엔』책임편집자를 맡았을 때는 중압감 때문에 한동안 밤에 잠을 이룰 수 없을 정도였다, 출간 전에도 스트레스로 잠을 못 이뤄 매일 맥주를 마셨다, 그 얘기를 듣고 지금까지 아무것도 이해해주지 못해서 미안합니다…… 하고 생각했습니다. 그에게도 자신감만 있었던 건 아니었더군요. 잘하기만 하니까 '실패하면 어쩌나' 하는 마음을 모를 것이라고 오해했습니다.

『배를 엮다』의 문고판 해설도 그가 썼답니다. 주인공

마지메처럼 마음을 말로 제대로 표현하지 못하고 사람들과 어울리는 게 서툴다는 글을 읽고 그도 콤플렉스를 느끼는 것이 있구나, 하고 알았습니다.

그리고 가장 놀란 것은 미우라 시온 씨가 『배를 엮다』 원고를 완성한 후, 사전 편집 절차에 관해 감수를 부탁했다며 담당 편집자가 그에게 원고를 보냈다는 것이었습니다. 마지막 장의 마쓰모토 선생님 편지를 읽고, 해 질 녘 직장에서 동료들 전화 소리도 들리는 가운데, 남몰래 눈물을 글썽였다고 쓰여 있었습니다. 대단히 실례지만 '책임편집자도 나와 같은 사람이구나' 하고 뭉클해졌습니다. 사전 편집부에서 자주 언급하는 말 중에 "교정은 그 사람의 인생을 걸고 하는 것이다"라는 말이 있습니다. 또한 "사전 교정에는 그 사람의 인생이 나타난다. 사람마다 깨닫는 점이 다르다. 그래서 다양한 인재가 필요하다"라고도 합니다.

출산휴가를 마치고 복직하여 갑자기 사전 편집부로 배속돼서 좀처럼 새로운 일도 익히지 못하고 부서 분위기에도 적응하지 못한 적이 있습니다. 회의 때도 제대로 의견을 말하지 못했죠. 그러던 어느 날, 교정을 보다가 '착유(搾乳)'라는 항목이 나왔습니다. 뜻풀이는 '젖소나 산양의 젖을 짜는 일'이라고 되어 있었습니다. 이걸 읽었을 때, 위화감을 느꼈습니다. 아니, 조금 분노를 느꼈습니다. 왜냐하면 저는 첫째가 젖을 잘 먹지 않아서 모유 상담실에 몇 번이나 다니고, 착유해서 젖병으로 먹이는 등 갖은 노력을 하여 간신히 직접 수유를 할 수 있게 됐으니 말입니다.

나는 젖소나 산양이 아닌데. 그래서 이 항목의 뜻풀이는 개정을 제안했습니다. 의견이 받아들여지고 난 뒤로 조금 자신감이 생겨서 그 후로는 부서 내에서 소신 있는 발언도 할 수 있게 됐답니다. 시조나 암행어사 같은 한국 관계 항목의 교정은 신나게 했죠.

글이 길어져서 죄송합니다.

저는 한국에서 새로운 국어사전이 나오면 공부를 위해 사고 싶은데 한국에서는 『고지엔』 같은 종이 국어사전의 개정은 21세기에 들어선 뒤 멈췄다고 하더군요. 대신 네이버 국어사전을 검색하는 사람들이 많다고 들었습니다. 이런 환경에서 『배를 엮다』를 읽고 본 한국 사람들은 어떤 느낌을 받았을까? 궁금하여, 언젠가 한국에 가면 독자들을 인터뷰해보고 싶은 꿈이 있답니다.

호텔집 딸이었던 작가,
목욕탕집 딸이었던 역자

　나오키상 수상 작가인 사쿠라기 시노의 소설『유리 갈대』를 번역한 뒤, 역자 후기를 쓰려고 작가의 인터뷰 기사를 찾아 읽다가 재미있는 사실을 발견했다. 글쎄, 작가가 호텔집 딸이었다고 한다. 그 호텔의 이름은 '호텔 로열'. 『유리 갈대』의 배경도 '호텔 로열'로 홋카이도 동부에 위치한 러브호텔이었다. 호텔집 딸답게 러브호텔의 시스템과 종사자들의 생활을 실감 나게 묘사했다. 사쿠라기 시노의 부친은 이발소를 하다가 1억 엔의 빚을 내서 러브호텔을 시작했다고 한다. 그 옛날에 1억 엔이라니 어마무시하다. 빚이 많아서 인건비를 줄여야 하므로 열다섯 살 소녀였던 사쿠라기 시노도 매일 학교에서 돌아오면 호텔 청소를 했다고 한다. 시트를 갈고, 욕실 청소를 하고, 어메니

티를 챙기고.

인터뷰를 읽으며 뭔지 모를 동지 의식이 생겼다. 내가 열다섯 살 때 우리 집은 시골에서 목욕탕을 했다. 그와 한 살 차이니 우리는 거의 동시대에 한 사람은 호텔에서, 한 사람은 목욕탕에서 살았던 것이다. 구두쇠인 우리 아버지는 당신이 보일러공을 하고 엄마는 카운터를 보고 자식들에게 일을 돕게 했다. 다행히 나는 타지에서 학교를 다닌 덕분에 주말이나 방학 때만 탈의실을 지키거나 심부름을 거든 정도였으나, 목욕 손님으로 북적거리는 집이 너무 싫었다. 지금이야 따뜻한 물 나오는 집에서 목욕하니 동네 목욕탕이 사라지고 있지만, 내가 청소년 때까지만 해도 시골에는 연탄불에 찜통 올려서 물 끓여 씻는 집이 많아서 목욕탕 인기는 최고였다. 집에 와서 쉬려고 해도 쉴 데도 없고, 집이 목욕탕인 게 지긋지긋했다. 그러나 매일 남녀가 놀다 간 더러운 시트를 갈고, 사용한 콘돔 버리는 일을 해야 했던 소녀 사쿠라기 시노에 비하면 목욕탕은 양반이었던 것 같다.

그 멘탈 붕괴 수준의 환경에서 사춘기를 보낸 사쿠라기 시노는 고등학교를 졸업한 뒤, 재판소에서 타이피스트로 일하다가 스물네 살에 결혼하여 전업주부가 된다. 여기까지는 소설과 관계없는 삶이었지만, 둘째 아이를 출산

한 뒤부터 소설을 쓰기 시작했다. 대단하다. 심지어 어른들의 무수한 연애를 목격한 경험을 바탕으로 『호텔 로열』이란 소설을 써서 나오키상까지 받았다. 성애 문학의 대표 작가라는 수식어도 붙었다. 그야말로 '자신의 처지를 약진의 발판으로 삼아' 성공한 사람이다.

목욕탕집 딸이었던 경험은 아무짝에도 쓸모없었던 것 같지만, 그래도 때(?)돈 버는 집이어서 책을 마음껏 사본 덕분에 책과 관련된 직업을 얻게 됐다고 애써 미화해본다. '호텔 로열'은 없어졌다고 들었다. 우리 목욕탕도 까마득한 옛날에 없어졌다.

제목 바꾸기

보통은 원서 제목이 그대로 번역되어 나오지만, 더러 출판사에서 책 제목을 확 바꾸어서 낼 때도 있다. "번역가는 제목을 왜 이따위로 번역했을까" 하는 서평을 가끔 보지만, 제목은 100퍼센트 출판사에서 정하는 것입니다. 솔직히 나도 '제목을 왜 이따위로 정했을까'라고 속으로 욕할 때가 있긴 하다. 그러나 제목을 정할 때 역자의 의견은 그리 반영되지 않는다. 역자가 "제목 너무 별로예요"라고 말해봐야 1그램의 무게도 더해지지 않는다. 출판사에서는 마케팅부의 말발이 가장 세다고 한다. 봉사를 위해서가 아니라 판매를 위해 만드는 책이니 당연하다. 제목을 보고 기함하기도 하지만 저자와 일본 출판사 측의 허락을 받고 바꾸는 것이니, 역자 마음에 들지 않는 건 대수가 아니다.

지금까지 번역한 책 중 가장 충격적으로 바뀐 제목.『사랑의 교훈』이라는 원제가『바나나로 못질할 만큼 외로워!』라는 제목으로 탈바꿈했다. 원제도 심각하긴 하지만, 도대체…… 무슨 생각으로 지은 제목인지 알 수가 없다. 책꽂이에 꽂아놓기도 부끄러웠다.

작년에 오가와 이토 씨의『양식당 오가와』라는 책이 나왔다. 오가와 이토 씨가 개인 홈페이지에 올린 글을 모은 평범한 산문집이다. 교정지가 왔는데 보니 제목이 '인생은 샤부샤부'로 바뀌었다. 귀신 본 것처럼 놀랐다. 앞에서 말했듯이 내 의견이 그리 반영되진 않지만, 그래도 돌진하는 차를 온몸으로 막는 마음으로 "이 제목은 아닙니다! 원제가 훨씬 나아요!" 하고 외쳤으나, 출판사에서 마케팅부와 논의 끝에 정한 제목이라며 밀고 나갔다. 이 제목은 너무하다, 라고 생각했지만 내가 나댈 일은 아니다. 제목이 어떻게 나오건 내게 미치는 금전적인 이익도, 피해도 없다(매절이므로). 그런데 출간이 임박했던 책이 한참 지나도 나오지 않았다. 알고 보니 오가와 이토 씨도 나처럼 제목에 헉해서 승인을 해주지 않은 것이다. 오가와 이토 씨의 소설『리본』이『바나나 빛 행복』으로 출간된 적이 있다. 증정본이 왔을 때 내가 번역한 책이 아닌 줄 알았다. 바뀐 제목을 그때 처음 본 것이다. 아악, 바나나 들어간 제목에 트라우마 생길 것 같아. 나는 기겁했지만, 이걸 허락한 걸 보면 오가와 이토 씨는 제목이 바뀌는 걸 별로 신경쓰지 않는구나, 생각했다. 그랬던 그가 '인생은 샤부샤부'만큼은 참을 수 없었던 모양이다. 표지 작업까지 다 끝났는데 제목을 승인하지 않아서 출간이 늦어진 것이다. 그제야 출판사에서 내게 의견을 물어서 원제로 가자고 재차 말했다. 결국 원제 『양식당 오가와』로 낙찰.

공교롭게 『양식당 오가와』가 나온 뒤, 다른 출판사에서도 내가 번역한 오가와 이토 씨의 산문집이 나왔다. 원제는 『바늘과 실』. 교정지가 왔는데 보니 『인생은 불확실한 일뿐이어서』라는 제목으로 바뀌었다. 원제보다 훨씬 낫다. 하지만 오가와 이토 씨가 마음에 들어 하지 않으면 표지 작업을 다시 해야 하는 불상사가 생긴다. 편집자에게 『양식당 오가와』 사례를 얘기해주며 제목 허락부터 받는 게 좋겠다고 얘기했다. 다행히 이 제목은 바로 승낙해주었다고 한다.

바뀐 제목 얘기가 나온 김에 지금은 사라진 추억의 싸이월드까지 거슬러 올라가보자. 파도타기로 배우 최강희 씨의 싸이월드에 간 적이 있다. 책을 많이 읽는 그는 독서 게시판이 따로 있어서, 내가 번역한 책도 읽었을까 하고 목록을 훑어보았다. 있었다. 가마타 토시오의『연애중독』
이란 소설을 읽고 쓴 글이. 영화〈싱글즈〉의 원작『연애중
독』이라고 소개한 뒤 감명 깊은 문장을 쓴 짧은 글이었다.
그런데 댓글들을 보니 제목에 관한 의견이 분분했다.

A: 아,『29세의 크리스마스』인데 제목이 잘못된 것 같아요.

B: 저도『연애중독』은 읽었는데『연애중독』아닌 것 같
　아요.

C:『29세의 크리스마스』가 맞아요.

D: 야마모토 후미오를 베스트셀러 작가로 만든 그『연애
　중독』이죠?

E:〈싱글즈〉의 원작은『29세의 크리스마스』인데…….

A, B, C, D까지는 2005년도의 댓글. E는 2년 지난 2007년
도의 댓글. 내가 이 글을 본 것은 2008년도였다. 시간을 무
시하고 달리는 연예인 싸이월드의 댓글이라니. 실명이 뜨
는 싸이월드에 댓글을 달기 좀 그랬지만, 세월이 많이 흘렀
으니 보는 사람도 별로 없겠지, 하고 정답을 달아주었다.

원제는『29세의 크리스마스』인데 우리나라에 처음 출간될
때는『연애중독』으로 나왔답니다. 영화〈싱글즈〉가 나온 후

『29세의 크리스마스』로 제목이 바뀌어 다시 나왔어요.

댓글을 달았다는 기억조차 없어진 어느 날, 싸이월드의 댓글 알림이 떴다. '어, 글 쓴 것도 없는데 무슨 댓글 알림이지?' 하고 클릭했더니, 글쎄, 최강희 씨의 댓글이 아닌가.

맞습니당당당. 저는 『연애중독』을 읽었지용. 감사해요.

댓글을 단 지 무려 4년이 지났을 때였다. 역시 순수한 영혼의 최강희 씨.

처음으로 바뀐 제목을 보고 화가 난 것이 이 『연애중독』이었다. 내가 스물아홉 살 때, 마침 도쿄에 살고 있어서 본방사수했던 나의 최애 드라마 〈29세의 크리스마스〉를 원작으로 출간된 책을 번역하게 되어 무척 기뻤는데. 『연애중독』이란 이상한 제목으로 나와서 얼마나 속상했던지. 비슷한 시기에 나온 야마모토 후미오의 베스트셀러 『연애중독』에도 묻히고. 어디가 『29세의 크리스마스』보다 『연애중독』이란 제목이 더 나은지 도통 이해할 수 없었다. '크리스마스'란 단어가 계절색을 띠기 때문이었을까.

제목은 책의 판매에 절대적인 영향을 미치는 것. 그래서 편집부와 마케팅부가 심사숙고하여 뽑는다. 번역하는 나보다 독자와 시장에 더 가까이 있는 그분들의 생각이 옳다고 생각한다. 가끔 틀리기도 하지만. 어지간한 경우가 아니라면 되도록 원제를 쓰면 좋을 텐데 말이다.

40대의 사노 요코

『아침에 눈을 뜨면 바람이 부는 대로』를 읽다가 문득 선
생님께 메일을 쓰고 싶어졌습니다. 별로 왕래도 없고 그
때 한 번 일을 같이 했을 뿐이지만 안부를 묻고 싶어졌습
니다.
사노 요코 책을 재미있게 읽었습니다. 선생님의 번역을
통해 더 재미있게 읽었습니다!
사실은 책 말미의 역자 후기가 너무 좋았어요. 독자로서,
업계 사람으로서 감사드립니다.

작업한 책들이 많다 보니 편집자의 이름을 다 기억하지
못하지만, 작업한 책 제목을 얘기하면 바로 생각난다. 이
편집자는 『번역에 살고 죽고』에서 "선생님, 번역에 무슨

소울을 심어놓으셨어요" 하고 『카모메 식당』을 편집하다 핀란드로 떠났다는 그다. 정말 반가웠다. 그의 칭찬 메일에 컴퓨터에 있는 그 책의 역자 후기를 읽어보았다.

아침에 눈을 뜨면 바람이 부는 대로

『아침에 눈을 뜨면 바람이 부는 대로』는 『사는 게 뭐라고』와 『죽는 게 뭐라고』로 2015년에 우리나라에서 선풍을 일으킨 사노 요코가 40대에 쓴 첫 산문집이다. 그림책 작가이자 일러스트레이터이자 수필가였던 사노 요코. '가난한 농사꾼인 조상의 피를 이어받아 잠시도 놀지 않았던' 그는 출산으로 잠시 쉬는 동안에도 일을 하지 않는 데 죄책감을 느꼈다고 할 정도로 평생 왕성하게 일하다, 2010년에 유방암으로 세상을 떠났다. 72세였다. 여명이 2년밖에 남지 않았다는 선고를 받은 날, 그는 평생 질색하던 외제차를 질렀다. 여명 선고를 받은 순간, 그때까지 앓던 우울증이 싹 가실 정도로 즐거웠다고 한다. 실제로 그는 남은 인생을 즐겁고 씩씩하게 '죽음 그까짓 게 뭐라고, 흥' 하는 자세로 살다 떠났다. 죽음에 대한 그런 긍정적 자세에 반했다. 아, 이렇게 시원하게 죽음을 받아들이고, 유쾌하게 세상을 떠나는 방법도 있구나, 멋진 할머니네, 감탄했다.

일생을 돌직구 화법으로 살아온 고집 세고 까칠한 할머니이기도 했지만, 욘사마 때문에 가산을 탕진했다고 너스레를 떠는 한류 팬 할머니 사노 요코. 과연 40대에는 어떤 생각을 하며 세상을 살았을지, 중년에는 자신의 노년과 죽음을 어떻게 생각했을지, 설레는 마음으로 번역을 시작했다.

마흔이 되어 돌아본 유년 시절, 사춘기 시절, 대학 시절, 유학 시절, 출산, 현재. 상투적인 표현이지만, '기억의 편린'을 모아 이력서처럼 차례로 자신의 생과 생각을 담담하게 얘기했다. 따뜻하지 않고, 친절하지 않고, 왠지 상냥함이나 애교는 약에 쓰려 해도 없었을 것 같은 그는 요즘 말로 하자면 딱 센 언니 스타일이다. 오죽하면 독일 유학 시절 하숙집 할머니가 "너도 블랙 하트, 나도 블랙 하트, 우리는 쌤쌤"이라고 했을까. 독일인 할머니조차 센 언니의 심상찮은 기운을 느낀 것이다. 번역을 하면서 할머니의 표현에 격하게 공감했다.

그러나 이 센 언니도 아들 앞에서는 보들보들해지는 엄마였다. 아기에게 젖을 먹이며, 이 아이가 여든이 되었을 때 얼마나 고독할까 생각하며 눈물 흘리는 엄마를 보았는가? 나도 과한 딸바보로 어디 가서 밀리지 않지만, 이 얘기에는 '졌다' 하는 생각이 들었다.

센 언니 사노 요코의 연애는 어땠을까. 학창 시절 짝사랑했던 남자 얘기는 스스럼없이 하지만, 궁금했던 첫 번째 결혼 상대, 즉 아들의 아빠에 관한 얘기는 '동기 남자한테 첫 키스를 당하고 어버버버 하는 사이에 결혼까지 했다'라고만 나온다(이 책을 쓸 때는 싱글맘이었으나, 후에 국민 시인이라 불리는 다니카와 슌타로 씨와 재혼했다. 그러나 6년 뒤에 헤어짐). 아버지가 "너는 못생겨서 시집도 못 갈 테니 혼자 먹고살려면 기술이라도 배워라"라고 해서 미대 디자인과에 갔다는 그지만, 아버지의 악담과 달리 일찍 결혼했다. 미대 출신 부모를 둔 사노 요코의 아들은 현재 그림책 작가로 활동 중이다.

사노 요코는 1938년생. 그 옛날에, 그 형제 많고 가난한 집에서 대학을 가고, 유학을 간 사노 요코의 열린 의식과 생활력과 인생을 개척하는 정신은 놀라울 따름이다. 그의 글은 따듯하지 않다. 그가 들려주는 성장 과정의 에피소드를 보아도 따듯한 마음을 키울 수 있는 환경은 아니었다. 어머니는 어린 딸한테 쌀쌀맞아서 우리 엄마는 계모일 거야, 라고 늘 생각할 정도였고, 인텔리였다는 아버지도 딸에게 말투가 거칠다. 그러나 따듯한 성격이지 않은 들 어떠랴. 어떤 환경에도 기죽지 않고 괄괄하게 살아온 그의 솔직한 글은 시원스럽기 그지없다. 아직은 젊다는 자부심과 현실에 대한 부담과 미래에 대한 불안이 뒤섞인 40대의 사노 요코 씨는 한껏 까칠하게 가시를 세우고 누구보다 치열하게 살았다. 그래서 여명 선고를 받은 노년에 그리 여유롭게 죽음을 맞이할 수 있었을까.

그의 글과 그림은 섬세하면서도 거칠다. 센 언니의 여린 속마음 같다. 죽음 앞에서 그리 유쾌 통쾌했던 할머니 사노 요코는 이 책 어디에도 없다. 그저 빡세게 대차게 당당하게 살아가는 40대 중년 여성만 있을 뿐이다. 죽음을 몹시도 두려워하는.

원제는 『내 고양이들아, 용서해줘』였다. 옮긴이는 제목에 관여하지 않는다고 앞에서도 말했지만, 이 책은 제목을 바꾸는 게 어떻겠느냐고 번역도 끝나기 전에 편집자에게 제안했다. 이유는 내용 중에 「내 고양이들아, 용서해줘」라는 제목의 에피소드(어린 시절에 오빠와 함께 고양이를 지붕 높이 던져서 떨어진 고양이가 제대로 걷는지 실험한다. 그 행위를 반복하여 결국 고양이가 움직이지 못하게 된다)가 너무 잔인했기 때문이다. 제목에 혹해서 행여 훈훈한 고양이 얘기인 줄 알고 샀다가 실망하고, 잔인한 에피소드에 애묘가인 독자들이 마음 다치지 않도록 제목으로 낚지 않았으면 좋겠다고 했다. 둘째가라면 서러울 애묘가인 편집자는 흔쾌히 제안을 들어주었다.

참고로 이 역자 후기는 책에 실린 것과 약간 다르다. 이것은 처음에 번역 원고를 보낼 때 쓴 역자 후기다. 어째서 책과 다른가 하면, 사노 요코의 아들이 번역과 역자 후기까지 체크한다고 했다. 그래서 어쩔 수 없이 약간이라도 부정적으로 보이거나 사적인 부분은 뺐다. 항상 내 역자 후기를 좋아해주는 편집자가 "이 책에서 선생님 역자 후기가 제일 재미있었는데" 하고 아쉬워했다. 아, 겸손하고 싶지만, 나도 그렇게 생각했다. 오죽하면 번역하다가 정하한테 "이건 사노 요코가 40대에 쓴 책인데 좀 재미가 없네"라고 했었다. 그랬더니 정하의 말, "그렇겠지. 40대에 뭐가 재미있겠어"라고. 아, 그래서 재미없었나. 사노 요코가 70대에 쓴 산문들은 재미있는데. 참고로, 서두에 메일을 보낸 편집자는 이 책을 읽고 독일로 공부하러 떠난다고 했다. 지금쯤 돌아왔을까.

술도둑

꽃은 누군가가 이름을 불러주어야 꽃이 된다면, 오역은 누군가가 까발려주어야 오역이 된다. 알고 오역을 하는 사람은 없으니 지적받기 전까지는 바른 번역의 탈을 쓰고 있다. 오욕의 오역은 번역하는 사람에게는 가장 두려운 것. 늘 신경을 곤두세우고 있지만, 어디선가 좀비처럼 튀어나온다. 생각만 해도 살 떨리네.

얼마 전에 교정지를 보다가 오싹한 오역을 발견했다. 어떤 오역이든 발견할 때는 귀신을 본 것보다 오싹하지만, 이것은 내가 별 의심 없이 번역한 거라 더 오싹했다. "주도(酒盜)란 술을 훔치고 싶을 정도로 맛있다는 의미로" 어쩌고 하는 문장이 있었다. 이 문장 자체는 말이 되지만, 뒤에 오는 문장과 연결이 어색하여 일본인 지인에게 물어보았다. 그랬더니 세상에나. 술 주(酒) 도둑 도(盜), '주도'의 뜻이 술도둑이 아니고 일본어로 슈토, '참치내장젓갈'이라는 게 아닌가. 그래서 주도는 사케와 잘 어울린다는 내용이 이어서 나온 것이다. '참치내장젓갈'은 훌륭한 술안주여서 술도둑이라고 이름 붙였다고 한다. 아무리 그래도 그렇지…… 너무한 거 아닌가. 간장게장도 밥도둑이지만 본명은 간장게장인데. 참치내장젓갈의 이름을 술도둑이라고 짓다니. 그러니까 酒盜(주도)를 번역할 때 술도둑이 아니라 '슈토(酒盜: 참치내장젓갈—옮긴이)'라고 해야 했다.

번역할 때 가장 무서운 것은 안다고 생각하는 단어다. 아리송하면 찾기라도 할 텐데. 확실하게 안다고 생각해서 넘어가다 보면 이런 실수를 하게 된다. '벵쿄(勉強)'라고 하면 '공부'라는 뜻이다. '공부' 이외의 뜻이 있을 거라고 생각한 적도 없던 20대 중반, 도쿄에 있을 때였는데 시장에서 어떤 사람이 물건을 사며 "벵쿄시테쿠다사이(勉強してください)"라고 하는 말을 들었다. 분위기를 보아하니 깎아달라는 말 같은데 어째서 벵쿄가 나올까. 그때서야 찾아본 사전에, 벵쿄의 3번 뜻이 '가격을 싸게 하다, 할인하다'라고 나와 있었다. 역시 '벵쿄시테쿠다사이'는 '깎아주세요'라는 말이었다. 이렇게 1번 뜻이 확실한 단어일 때, 오

역을 하기 쉽다. 2번, 3번, 4번의 의미를 찾아보지 않기 때문이다.

주도와 슈토 얘기를 했더니 지인이 "슈토가 얼마나 유명한 안주인데 일본어 번역하는 사람이 그것도 몰라" 하고 놀렸다. 뭐, 나는 TV의 맛 기행 프로에서 한국 음식 보고도 저런 음식이 있구나, 하고 놀라는 사람이다. 새로운 음식 먹는 것을 두려워하는 탓에 늘 먹던 것만 먹고 가던 곳만 가는 편이었다. 근데 이 오역 이후로 식당 선택을 내가 하지 않는다. 내가 하면 새로운 식당에 가지 않고, 새로운 음식을 시키지 않으니까, 상대방이 선택하는 대로 따라가서 '오, 이런 음식도 있구나' 하고 배우고 있다. 되도록 많은 음식을 접하는 것도 번역 공부라는 것을 이제야 깨달은 것이다. 인간이 늦되다.

역주 달기

산 아래 마을에 가면 서점이 딱 한 군데 있다. 문방구
와 주류 판매점을 겸한 작은 서점이다. 주로 잡지고, 키
가 작은 문고 책장이 하나 있다. 단행본은 한 권밖에 없
었다. 서점대상을 받은 책이다. 언젠가 이 서점에 내 책
이 진열되면 얼마나 좋을까 간절히 망상한다. 무리라고
생각한다.

─ 미야시타 나츠, 『신들이 노는 정원』[**]

어디에도 역주를 달아야 할 단어가 없지만, 꼭 달고 싶
은 역주가 있어서 한 줄 덧붙였다.

[**] 『신들이 노는 정원』(책세상, 2018년) 56쪽

그러나 저자는 2016년 『양과 강철의 숲』으로 서점대상을
받았다—옮긴이

이런 역주를 단 적도 있다. 〈마루코는 아홉 살〉로 유명
한 사쿠라 모모코의 산문집에 그와 미타니 고키의 대담이
실린 게 있다. 미타니 고키는 수많은 히트 드라마를 쓴 최
고의 각본가이자 영화감독으로 장항준 감독처럼 재치 있
는 입담으로 유명하다. 본인도 어디 나갈 때마다 웃겨야
한다는 부담감이 크다고 한다. 나는 이 두 분의 유머 코드
를 아주 좋아한다. 이 대담을 나눈 시기에 사쿠라 모모코
와 미타니 고키의 인기는 가히 국민적이었다. 엉뚱하고
유머 넘치는 두 사람의 대담은 맥락 없이 흘러가다 미타
니 고키의 부인 얘기에 이르렀다. 대다수의 일본 독자들
은 미타니 고키 부부를 알지만, 우리나라 독자들은 관심
있는 사람이 아니면 잘 모르는 사실이어서 이렇게 역주를
달았다.

대담 당시 미타니 고키의 부인은 영화 〈카모메 식당〉의
주인공 고바야시 사토미였다. 2011년 이혼—옮긴이

위의 두 역주는 달지 않아도 무방하다. 알면 재미있지

만, 몰라도 상관없는 얘기니까. 그러나 다음과 같이 모르면 전혀 이해되지 않을 때가 있다.

(…)

"큰 북과 작은 북이죠?"

"북이 아니라 고리짝입니다."

　　　　　　　　　　-미우라 시온, 『마호로 역 번지 없는 땅』***

앞뒤 설명도 없이 이렇게 **갑**자기 **툭 튀**어나오는 것은 대체로 전래동화일 때가 많다. 예를 들어 "국자로 뺨을 맞았죠?" "국자가 아니라 주걱입니다." 이런 대화가 나온다면 우리는 놀부 마누라에게 주걱으로 언어맞은 흥부를 떠올리지만, 이 얘기를 모르는 외국 사람들은 무슨 영문인지 모른다. 역주가 반드시 필요하다. 역자라고 그 나라의 전래동화를 다 아는 건 아니니, 왜 이런 말이 갑자기 나왔지? 싶을 때는 키워드(큰 북, 작은 북, 고리짝)를 넣고 야후 재팬에서 검색하다 보면 뭔가 걸린다. 역시 전래동화다. 그러면 짧게 요약해서 역주를 단다.

***　『마호로 역 번지 없는 땅』(은행나무, 출간 예정) 13쪽

일본 전래동화인 『혀가 잘린 참새』 이야기로, 참새들이 할아버지에게 은혜를 갚기 위해 큰 고리짝과 작은 고리짝을 갖고 와서 선택하게 하자 할아버지는 작은 고리짝을 선택하여 복을 받고, 할머니는 큰 고리짝을 선택하여 벌을 받았다는 내용—옮긴이

역주는 어디까지 달아야 할까. 번역하면서 늘 갈등하는 문제다. 내가 모르는 건 독자도 모른다는 기준으로 달아야 할까. 나는 알지만 독자는 모를 것 같을 때? 나도 알고 대부분 독자도 알겠지만 모를 수도 있는 일부 독자를 위해? 갈등하다 역주를 달기도 하고 어물쩍 넘어가기도 한다. 역주를 다는 게 귀찮아서가 절대 아니다. 너무 친절한 역주는 가독성을 떨어뜨릴 수 있어서 때로 불편해지기 때문이다. 미주(본문 끝에 다는 역주)로 달린다 해도 마찬가지다.

개인적으로는 역주가 많은 책을 별로 좋아하지 않아서 절반 이상의 독자가 모를 것 같은 고유명사에만 역주를 달고 싶지만, 실제로는 기모노, 유카타, 다다미…… 같은 단어까지 역주를 달고 있다. 일본 소설 읽는 독자 중에 이런 단어를 모르는 사람이 있을까 싶지만, 편집자들은 친절하게 대부분의 고유명사에 역주를 단다. 그래서 수고를 덜어드리기 위해 나도 달고 있다. 너무나 친절하고 꼼꼼

하게 역주를 다는 편집자가 있어서, 교정지에 "역주가 너무 많아요^^" 하고 농담처럼 쓴 적도 있다(편집자가 다는 것은 '편집자주'이지만, 이 경우 역자가 달지 않은 역주를 대신 달아주는 것이다). 그러나 이 역주 많은 교정지를 보다 보면, 마지막에는 굉장히 책을 정성껏 만들었구나, 하고 끄덕거리게 된다. 결국 역주를 다는 범위는 역자가 아니라 편집자가 정하게 되는 것 같다. 책이 배라면 편집자는 조타수이니 그들이 최대한 바른 방향으로 이끌고 갈 것이다.

이 글을 쓰다가 문득 궁금해졌다. 모르는 단어인데 역주가 없다고 출판사에 항의하는 독자도 있을까? 항의하는 것보다 스마트폰으로 검색하는 게 간편할 텐데.

출판사에 어필하기

어느 날 외출을 하고 돌아오니 정하가 『번역에 살고 죽고』를 읽고 감동의 바다에 빠져 있었다. "엄마, 이 책 너무 잘 썼어. 대박이야" 하면서 벅찬 감동을 두서없이 읊었다. 책이 나온 10년 전에는 어려서 무심히 읽은 것들이 이제는 보였던 모양이다. 아니면, 취준생 때라 직업의 세계에 감정이입이 됐는지도 모른다.

"엄마는 그냥 운이 좋아서 번역가로 활동하고 있는 줄 알았는데 이렇게 노력했는지 몰랐어."

성인이 되어 육아 일기나 어린 시절 사진 보았을 때도 "엄마가 이렇게 정성껏 키웠는지 몰랐어"라고 하더니. 이래서 사람은 하찮은 일이라도 기록을 남겨야 합니다.

크게 몸 쓰지 않고 컴퓨터 앞에서 사부작사부작 하는

일이라 별로 힘들어 보이지도 않고, 그다지 열심히 하는 것처럼 보이지도 않았던가 보다. "옛날에 엄마가 일본 가서 책을 잔뜩 사와서 기획하고 그랬잖아"라고 번역 초기 시절 얘기를 해도 낭만적으로만 들렸던 게다.

대단한 스펙도 없고 출판계에 연줄도 없는 사람이 번역계에 한 자리 비집고 들어앉았을 때에는 뭐라도 꾸준히 노력하지 않았을까.

알고 보면 『번역에 살고 죽고』가 나오게 된 것도 꾸준한 노력의 산물이다. 이 책이 2011년에 나왔는데, 실은 2006년부터 마음산책에서 산문집을 내고 싶다고 점찍었다. 마음산책 산문집은 접근하기 편하면서 고퀄이고, 책이 예쁘게 나와서다. 그러나 마음산책에서 번역을 한 적도 없고, 아는 편집자도 없었다. 써놓은 원고도 없이 문을 두드릴 수도 없었다. 겨우 10년 차 번역가, 원고가 있다고 책을 내줄 리도 없다고 생각했다. 그래서 일단 존재를 알리기 위해 출판사 홈페이지의 자유게시판에 짧은 인사 글을 남겼다. 일본 문학을 번역하는 권남희라고 했더니, 영광이라며(기억의 미화인지도 모른다) 반갑게 댓글을 달아주셨다. 오오, 그린라이트(라고 생각했지만, 알고 보니 모든 독자와 작가에게 친절했다). 그때부터 잊어버릴 만하면 한 번씩 게시판에 글을 남겨서 온라인상으로 가까워졌고, 그것은 오프라인으로 이어졌다. 그로부터 4년 뒤, 마음산책에서 『번역에 살고 죽고』가 나온 것을 보라. 의지의 한국인입니다.

후배들이 조언을 구할 때면 늘 하는 말이다. 출판사에 꾸준히 존재를 어필하라고. 책은 아마존에서 주문해도 되고 대형서점 외서 코너에서 사도 된다. 검토서를 작성해서 관련 도서를 내는 출판사에 메일을 보내는 것이 가장 쉽게 어필하는 방법이다. 무조건 보내는 게 능사가 아니고, 발췌번역을 닳도록 다듬고 다듬어서 최고의 상태일 때 보내야 한다. '번역을 잘하는' 나의 존재를 알려야지, 무조건 "나 번역하는 사람이에요"만 어필해봐야 귀찮아할 뿐이다. 견본품 들고 일일이 매장 돌아다니며 영업하는 분들에 비하면, 번역하는 사람들은 얼마나 편한가. 컴퓨터 앞에서 손가락만 움직이면 되니까. 문전 박대를 당할 일도 없고, 무시당해도 보이지 않고, 답장을 주면 감사하고 안 줘도 그만이고. 보내는 것은 나의 의지, 거절하는 것은 그들의 의지. 메일 한 통 보내고 너무 많은 기대도 하지 말고, 좌절도 하지 말고, 바위를 뚫는 낙숫물처럼 천천히 조금씩 도전하고 싶은 곳의 벽을 뚫어봅시다.

기노쿠니야 서점

　도쿄에서 가장 좋아하는 곳이 어디냐는 질문을 받으면, 주저없이 간다 헌책방 거리와 기노쿠니야 서점이라고 한다. 사람들이 특정 장소를 좋아하는 이유는 보통 두 가지다. 풍광이 좋거나 추억이 있거나.

　이곳은 당연히 내게 후자다. 번역을 시작한 20대 중반부터 절실한 마음으로 돌아다닌 추억이 많아도 너무 많다. 이곳은 내게 발품 판 만큼 금을 캘 수 있는 노다지처럼 보였다. 열심히 걸어다니며 고른 책이 번역까지 이어지는 일은 생각처럼 쉽지 않았지만, 그래도 몇 권은 빛을 보았고 그걸 발판으로 경력을 쌓았다. 그러나 이것도 20~30년 전 '라떼는' 이야기. 인터넷 세상이 된 뒤로 굳이 그렇게까지 할 필요는 없어졌다. 집에서 편히 아마존 재팬에 들어가서 책을 구경할 수 있고 구입할 수 있으니까. 그리고 요즘은 에이전시에서 출판사로 신속하게 신간 레터를 보내서, 괜찮은 책 건졌다! 싶을 때는 안타깝게도 어디선가 판권을 계약했거나 번역이 진행 중일 확률이 높다.

한동안 가지 않다가 몇 해 전, 오랜만에 혼자 여행을 간 길에 기노쿠니야 서점에 들렀다. 여전히 반갑고 설레는 놀이터였다. 너무 좋아, 이 책 냄새, 구경이나 해야지 하고 들어섰지만, 직업병은 어쩔 수 없어서 이내 번역할 만한 책을 찾아서 두리번두리번. 결국 예산에 없던 책을 잔뜩 사고 말았다. 안타깝게도 그렇게 산 책은 두어 권 빼고 아직도 새 책인 채 어딘가에 꽂혀 있다.

서점 밖에는 노상 매대에 현직 개그맨으로 아쿠타가와상을 수상하여 화제가 된 작가 마타요시 나오키가 추천한 책 20여 권이 진열되어 있었다. '극장과 연애'라는 테마의 소설과 산문집이다. 책벌레인 마타요시 나오키가 추천했으니 재미나 작품성은 보장될 테고, 몇 권 건져볼까, 하고 또 직업병 발동. 하지만 신간이 아니므로 국내 출간 여부 확인이 필요하다. 가장 끌리는 소설 한 권을 스마트폰으로 검색해보았다. 어머, 출간됐네. 다음 책을 검색했다. 에구, 출간됐네. 세상에나, 그곳에 있는 책 대부분이 우리나라에 출간됐다. 어째서 나는 제목 한번 들어보지 못했을까 싶긴 했지만, 번역서를 잘 읽지 않으니 그럴 만도 하다. 그래도 손가락 품을 판 덕분에 책값은 날리지 않아서 다행이다. 노상 매대에서 떨어진 곳의 간이 계산대에 서 있는 직원이 그 긴 시간 내게서 시선을 떼지 못했다. 책 보고 스마트폰 보고를 되풀이하는 수상한 사람이 얼마나 신경 쓰였을까. 이런 경험은 많다. 휴대폰이 없던 시절에는 수첩에 제목과 출판사 전화번호 등등을 일일이 적어서 더 수상해 보였을 것이다. 그렇게 적은 다음 조용한 곳에 있는 공중전화를 찾아서 일본 출판사에 전화하여 판권 여부를 확인했다. "한국에서 온 번역하는 사람인데, 귀사의 ○○○라는 작품을 읽어보니 너무 좋아서 한국에 소개하고 싶습니다. 실례지만 판권 계약 여부를 알 수 있을까요?" 이 말을 메모지에 써서 ○○○만 바꾸어가며 계속 다른 전화번호를 눌렀다. 대부분은 친절하게 답변해주었다. 물론 대충 훑었을 뿐 책을 읽었을 리는 없다. 초반에는 판권 확인 없이 무턱대고 책을 구입해서 돈을 날리다가 발전된 형태였다. 그때나 지금이나 전화 통화하는 것을 정말 싫어하는데 참 용감했다. 이럴 때는 스마트폰이 감사하다.

이날 산 책 중에서 순수하게 독서용으로 고른 것은

1967년부터 현재까지의 어린이들이 쓴 동시집이었다. 해 맑은 동시를 썼던 이 많은 어린이들은 지금쯤 어떤 어른 이 돼 있을까. 나도 한때 동시 좀 쓰던 어린이였는데. 동시 집에 실린 것 중, 아몬드 초콜릿을 사서 초콜릿은 먹고 아 몬드는 땅에 묻은 아이가 매일 아침 물을 주며 빨리 초콜 릿이 되라고 기도하는 동시가 너무 귀엽다. 요즘도 이 책 을 가끔 읽는다. 유일하게 그날 기노쿠니야에서 건진 책 이다.

이제 기노쿠니야에서 책을 산다면 노선을 확실히 해야 겠다고 생각했다. 내가 읽고 싶은 책인가, 기획할 책인가. 이도 저도 아닌 책을 고르면 읽지도 못하고 기획도 못 하 고 바다 건너 온 보람도 없이 책꽂이 신세만 지게 된다. 언제 또 갈 수 있을지 기약도 없지만.

논란의 책

쓰하라 야스미라는 일본 작가가 자신의 문고본이 나오기 직전에 같은 출판사(겐토샤)에서 출간된 다른 작가의 책을 트위터에서 비난했다.

"이건 인터넷에서 주워 모은 글을 짜깁기해서 자기 생각을 조금 덧붙인 책"이라고.

비난받은 작품은 극우파 혐한 작가로 유명한 햐쿠타 나오키의 『일본국기』. 전 세계에서 일본이 최고라고 찬양하는 국뽕 충만한 책이다. 500만 부 이상이 팔렸다고 한다.

겐토샤에서는 "『일본국기』를 까면 당신 책을 영업해줄수 없다. 내려달라" 했지만, 작가는 꿋꿋이 맞섰던 모양이다. 출판사는 마무리 작업 중이던 쓰하라 야스미의 문고본 출간을 취소했다. 그는 억울하고 부당하다고 트위터에

이 내막을 공개했다. 당연히 난리가 나고, 출판사는 네티즌에게 죽도록 욕을 먹었다. 그러자 출판사 사장이 이렇게 트윗을 올렸다.

난 이 작가의 책을 처음부터 내고 싶지 않았다. 편집자가 우겨서 할 수 없이 냈더니, 첫 번째 책이 1800부, 두 번째 책이 이 작품인데 1000부밖에 나가지 않았다. 이런 책인데도 편집자가 또 문고본을 내자고 간절히 부탁해서 내기로 한 것이다.

비열하게 판매 부수를 공개해버린 것이다. 이에 네티즌의 반발은 더 거세지고 작가들도 그건 너무하지 않느냐고 공개적으로 비난했다. 출판사 사장은 결국 사과하고 트위터 계정을 폭파한다.

이 논란을 등에 업고 다른 출판사(하야카와쇼보) 편집자가 냉큼 그 문고본을 계약했다. 그리고 출간할 때, 이렇게 띠지 카피를 썼다.

이 책이 팔리지 않으면 사표를 내겠습니다—하야카와 쇼보 편집자 시오자와 요시히로 마감이 꼬여서 갈 길이 구만리인 내게 이 책을 검토해 달라는 의뢰가 들어왔다. 분량이 무려 408쪽. 편집자가 몇 페이지만 보고 소견만 간단히 얘기해주어도 된다고, 정식 검토서는 작성하지 않아도 된다고 배려에 배려를 해주었지만, 수락한 이상 그게 또 그런 게 아니다. 일단 야후에서 독자 리뷰를 훑어보았다. "도대체 이 재미있는 책을 어떻게 팔아서 그렇게 안 팔린 거야?" 하는 리뷰가 많다. 독자까지 이렇게 나오니, 책이 잘 나갈 책인지 검토하는 게 아니라 정말 재미있는지 확인해봐야겠다는 마음이 커졌다. 결국 그 두꺼운 책을 다 읽었다. 지루한 부분은 스킵하긴 했지만. 그리고 나는 좀 애매한 검토 소견을 썼다. 잘 나갈지 어떨지는 모르겠지만, 번역 의뢰가 들어온다면 환영인 책. 개인적으로는 그럭저럭 괜찮은 책. 그러나 역시 사심을 버리고 냉정히 생각해보면 잘 나가지는 않을 것 같은 책. 사표까지 걸 만큼 재미있지는 않은 책. 검토서를 보낸 뒤, 연락이 없는 걸 보니 출판사에서는 오퍼를 내지 않은 것 같다. 참 잘했어요.

어느 작가가 이 겐토샤 사장의 '판매 부수 까기'를 비난하며 자기 트위터에 이런 말을 썼다. 책은 작가와 편집자와 디자이너와 마케터, 모든 사람이 힘을 합쳐야 비로소 팔리는 것이지 작가만 용써서 되는 일이 아니라고. 책이 팔리지 않았다고 욕하는 것은 자기 출판사 직원을 욕하는 거나 다름없다고. 작가 탓만은 아니라는 말에 아주 가끔 책도 내는 사람으로서 위안이 됐다. 조금은 면피한 기분 이랄까.

이 책은 다행히 좀 팔린 모양이다. 매스컴에 연일 오르내릴 정도로 화제의 책이었으니. 무엇보다 화제의 카피로 편집자가 유명해졌다. 편집자의 인터뷰를 보니 카피에 관해 사전에 회사와 논의를 했다고 한다. 정말 팔리지 않아서 편집자를 그만두어야 할 경우, 타 부서 이동을 보장해주기로. 높은 데서 떨어질 때 안전 매트는 기본이지요. 사장은 "이 띠지 카피로 정말 팔리면 앞으로 자네가 담당한 책은 계속 이 띠지로 해보는 게 어떠냐"고 했다 한다. 에구, 사장님, 그게 한 번이야 먹히겠지만 말입니다.

최고령
아쿠타가와상 수상자

일본 문학상 중에 아쿠타가와상이 있다. 재일 교포 이양지 씨와 유미리 씨의 수상으로 우리나라에서도 유명해져서 한때 아쿠타가와상 수상작은 판권 경쟁도 치열하고, 출간되면 판매도 보장되는 책이었다. 일본 소설 붐과 맞아떨어진 탓도 있을 것이다.

이 상은 봄, 가을 두 차례 신인에게만 수여하는 순수문학상이다. 신인이기만 하면 될 뿐 나이 제한은 없다. 그래서 2013년에 1937년생 신인이 수상한 적이 있다. 구로다 나쓰코 씨. 사상 최고령 작가였다. 수상작은 『ab산고』. 난해하기 이를 데 없는 작품이었다. 일본 책이 거의 세로쓰기이지만, 이 작품은 가로쓰기를 한다. 세로쓰기한 한글을 읽는 혼란스러움을 상상해보라. 딱 그 느낌이다. 이 소설에는 고유명사도 없고(예를 들면 이런 식이다. 모기장은 '방안의 방 같은 부드러운 감옥', 우산은 '하늘에서 내리는 것을 막는 도구'), 그, 그녀라는 대명사도 없다. 성별 표기도 없다. 문장이 하염없이 길다. 한 문장이 열여섯 줄까지 갈 때도 있다. 쉼표도 없다. 한자도 별로 사용하지 않고 거의 히라가나에 행갈이마저 없다. "독자의 이해를 거부하는 막막한 문체"라는 어느 독자의 표현이 적확하다. 나도 읽다가 포기했다. 번역 의뢰가 들어오면 절대 맡지 않을 거라고 생각했는데, 번역본은 아예 나오지 않은 것 같다.

그렇게 악평이 많지만, 40킬로그램도 채 나가지 않을 것 같은 가녀린 할머니는 누가 뭐라 하던 자기만의 문학관을 고수한다. 그야말로 한 땀 한 땀 히라가나로 글을 깁듯이, 『겐지모노가타리』를 쓴 무라사키 시키부가 환생한 듯이 아름다운 일본어만을 구사하려고 한다. 그것이 현대의 독자들에게는 난해한 것이다.

한국에서 아쿠타가와상 인기도 예전 같지 않게 시들해졌고, 나도 수상작이 발표되면 어떤 작품인지 훑어보는 정도로 끝이지만, 이 작가에게는 그 후로도 계속 관심이 갔다. 우리 엄마와 두 살밖에 차이가 나지 않는 분이어서다. 엄마를 부끄럽게 생각하는 건 절대 아닌데, 엄마는 소설이 무엇인지 모른다. 중학생 때 자취방에 춘원 이광수의 『사랑』이 있는 걸 보고 야한 책 본다고 엄마한테 등짝을 맞은 적이 있다. 독후감 쓰기 숙제 때문에 읽은 건데 억울하기 이를 데 없었지만, 옛날 사람이어서 문학이 뭔지 모르니 어쩔 수 없다고 생각했다. 그래서 엄마 또래인 분이 아쿠타가와상을 받으니 무척 신기한 느낌이 들었다. 그러고 보니 내가 번역한 『마녀배달부 키키』를 쓴 가도노 에이코도, 중, 고등학생 때 너무나 좋아했던 『슬픔이여 안녕』을 쓴 프랑수아즈 사강도 엄마와 같은 1935년생이다. 그분들의 나이를 알고 나니 일제강점기가 없었다면 엄마도 학교 다니며 원고지에 글짓기도 하고 그랬을 텐데, 하는 안타까운 마음이 들었다.

구로다 씨는 자유로운 문학 생활을 위해 20대에 교직을 버리고 교정 아르바이트를 하면서 소설 쓰기만 했다고 한다. "수상의 기쁨을 누구에게?"라는 질문에 가족이 없어서 아무하고도 나눌 사람이 없다고 하는데, 외롭겠다는 생각보다 문학에 대한 지독한 혹은 고집스런 사랑이 느껴졌다. 그 세대 사람이 결혼도 하지 않고 소설만 쓰며 사는 게 쉬운 선택은 아니었을 텐데.

앞으로 어떤 작품을 쓸 계획이냐는 물음에는 "10년에 한 편 정도 썼다. 살아 있는 동안 다음 작품이 나오긴 어

려울 것 같다. 써둔 작품들이나 빛을 보았으면 좋겠다"라
고 했다. 벌써 나이는 75세이고(수상 당시), 세상이 자신을
주목할 때 다음 작품을 내야 한다는 생각에 마음이 바쁠
것 같은데, 기껏 뽑은 신인 작가가 쓸 계획이 없다고 느긋
하게 말한다. 세상과 관계없이 마이페이스로 사는 구로다
씨의 플렉스. 당선 소감이 인상적이었다.

"살아 있을 때 발견해주어서 고맙습니다."

그러게 말이다. 심사위원들, 이 작은 할머니를 용케도
찾아냈다. 〈와세다문학〉에 『ab산고』를 투고하여 와세다
문학상을 받으며 그 작품이 자동으로 아쿠타가와상 후보
가 된 것이다. 이렇게 찾아주지 않았더라면, 일생을 소설
만 쓰며 살아왔지만 그가 소설을 쓴 사실은 본인밖에 모
르는 채 끝났을지도 모른다.

수상 후 7년 만인가. 2020년에 수상 후 첫 작품이 나왔
지만 반응은 좋지 않았다. 그러나 살아 있는 동안에 새로
쓰지는 못할 것 같다던 분이 7년 만에 한 편을 썼으니 그
것만으로 훌륭하지 않은가.

어느 작가의 생

    한 남자가 밀양에서 신발 가게를 했다. 달리기를 잘해서 도쿄올림픽 마라톤 선수 후보가 되기도 했다. 그러나 공산주의자로 숨어 지내던 그는 신변의 위험을 느끼고 아내와 네 명의 자식을 남겨두고 일본으로 밀항한다.

    2년이 지나도 남자가 돌아오지 않자, 아내는 네 명의 자식을 데리고 남자를 찾아 역시 일본으로 밀항한다. 한 달을 찾아 헤매다 겨우 남자를 만났다. 남자는 일본 여자와 결혼하여 아들까지 두고 있었다. 충격을 받은 아내는 네 명의 자식을 두고 사라졌다.

    남자는 파친코점을 열었다. 네 명의 자식 중 딸을 무급으로 부려먹었다. 딸은 지인의 소개로 만난 사람과 결혼하여 첫딸을 낳는다. 첫딸이 돌이 되기 전에 둘째가 생겨서 입덧이 심하자, 어린 딸을 친척에게 잠시 보냈다가 여러 사정으로 2년 뒤에야 데려온다. 그 후 줄줄 둘을 더 낳아서 자식은 사 남매가 된다. 남편은 파친코점에서 일하고 그는 김치 장사를 해서 가계를 함께 꾸려나간다. 그러다 호스티스를 하는 게 더 돈이 된다는 걸 알고 본격적으로 그쪽에 몸을 담는다. 도박에 빠진 아빠와 호스티스 일을 하는 엄마는 새벽 늦게 돌아오기 일쑤여서 사 남매는 방치된 채 자랐다. 급기야 호스티스를 하던 중에 만난 남자와 바람이 나서 부부 불화가 잦자, 자신의 엄마처럼(이유는 다르지만) 사 남매를 버리고 가출한다. 그것도 첫딸의 초등학교 졸업식 전날.

돌도 되기 전에 친척집에 맡겨졌던 첫딸은 유치원 때부터 이지메를 당하는 등, 어릴 때부터 순탄치 못한 생활이 이어졌다. 급기야 10대에는 거듭된 자살 미수로 고등학교 1학년 때 학교에서 퇴학당한다. 그러다 극단에 들어가서 스무 살에 극작가로 데뷔하고, 만 스물여덟 살에 『가족 시네마』로 재일 교포로서 두 번째 아쿠타가와상을 받는다. 그리고 그 책은 밀리언셀러가 된다. 바로 유미리다.

일제강점기부터 시작된 한 집안의 파란만장한 가족사, 그래도 유미리라는 작가가 탄생했으니 해피엔딩이구나 싶지만, 이게 그렇지가 않다. 유미리의 파란만장은 그 후로도 끝나지 않았다. 본인이 자전적인 소설들에서 이미 밝혔고 한국과 일본 양국에서 큰 화제가 되기도 했지만, 유미리는 유부남과의 연애로 아들을 낳아서 싱글맘이 됐다. 그리고 스물세 살 연상인 극단 시절의 연출가이자 스승이자 애인인 남자와 동거를 한다. 두 사람은 지고지순하게 사랑하는 사이였지만, 불행히도 그는 암으로 세상을 떠난다. 나오는 책마다 베스트셀러가 되고 승승장구하던 유미리, 그의 치료비로 많은 재산을 탕진하고 10년 전부터는 생활고에 시달린다는 글을 블로그에 자주 올렸다. 그의 블로그 독자인 나는 글을 볼 때마다 나도 거지 주제에 어떻게 뭘 좀 보내줄 방법은 없을까 궁리한 적도 있다. "티켓할인점에 우표 팔러 가는 것이 몇 년 만인지…… 지금 난 전철도 버스도 탈 수 없다. 아, 교통카드 잔액 300엔 정도는 있으니 오후나까지는 갈 수 있으려나……." 하는 글을 읽을 때면.

이런 가난한 생활에 대해 쓴 『가난의 신』이라는 책도 출간했다. 사방에 적을 만들고, 빚을 만들고, 자신을 옭아매고, 우울증에 시달리고. 이 사람 인생 어떻게 되려나 걱정했다. 언제나 불안하고 아슬아슬했다. 그러다 유미리는 후쿠시마로 이사를 갔다. 방사능 때문에 모두가 떠나는 후쿠시마로.

그때부터는 많이 밝아 보였다. 강연도 하고, 지역에서 봉사하며 활발하게 사는 것 같았다. 대출 만땅이지만, 북카페도 열고, 소극장도 열었다. 이제 유미리 씨 잘 풀리려나 보다, 가게가 잘됐으면 좋겠다, 생각했다. 하지만 어느 나라나 그놈의 코로나가 문제다. 일본 또한 사회적 거리두기로 영업 제한을 한 탓에, 블로그에는 이 사람 이러다 죽는 거 아닌가 싶을 정도로 고통스러워하는 글이 올라왔다. 대출해서 창업한 사람들에게는 그 시기가 죽음의 터널 같았을 것이다.

그러나 죽으란 법은 없는지 얼마 후, 드라마 같은 일이 일어났다. 2017년에 나온 『우에노 역 공원 출구』라는 작품이 미국의 권위 있는 문학상인 '전미도서상'을 수상하게 된 것이다. 덕분에 『우에노 역 공원 출구』는 베스트셀러로 등극했다. 어린 시절 즐겨 다니던 서점에 자기 책이 베스트셀러 1위 자리에 있다고 올린 글을 보니 내가 다 뭉클했다. 우연히 보게 된 바다 건너 사는 작가의 블로그를 10년째 듬성듬성 읽고 있다. 지금 상황은 마치 삼진 아웃만 당하다가 9회 말 투아웃에 장외 홈런을 날린 한물간 야구 스타의 경기를 본 것 같다.

인생은 정말 어디로 굴러갈지 알 수 없다. 끝날 때까지 끝난 게 아닌 것이었다. 유미리 작가의 부활을 진심으로 축하한다. 앞으로는 부디 꽃길만 걸으시기를.

고등학생 독자의
이메일

번역가가 되고 싶다고 메일을 보내는 독자 중에는 의외로 고등학생이 많다. 아직 꿈을 꿀 수 있는 시기여서일까. 아직 숙제가 있는 시기여서일까. 귀여운 그들의 메일은 다음처럼 여러 가지 유형이 있다.

번역가가 되고 싶다는 메일

저는 꿈이 일본어 번역가입니다. 전에 읽었던 『번역에 살고 죽고』라는 책이 떠올라서 이렇게 메일을 쓰게 되었습니다. 시간이 되신다면 몇 가지 질문에 답을 해주실 수 있나요?

질문1. 번역가 일을 하면서 어떨 때 가장 기쁘고 보람을 느끼나요?

질문2. 번역가가 되려면 어느 정도의 외국어 실력이 필요한가요?

질문3. 번역가가 되기 위해 따로 준비해야 할 게 있나요?

질문4. 마지막으로 번역가가 꿈인 사람들에게 해주실 말이 있나요?

『번역에 살고 죽고』가 진로에 확신을 갖게 해주고 좋은 정보도 많이 알게 해주어서 도움이 많이 되었습니다. 정말 감사합니다!!

고등학생이 물어도 대학생이 물어도 취준생이 물어도 기자가 물어도 항상 똑같은 질문이다. 아마 어느 직업이든 똑같이 받는 질문일 것이다. 어디다 답변을 써놓고 복붙해야겠다고 생각하지만, 그것도 생각뿐이고 매번 다시 쓰게 된다. 가장 기쁠 때는 좋은 작품 의뢰가 들어올 때고, 보람을 느낄 때는 딸이 엄마가 번역가인 걸 자랑스럽게 생각할 때다. 번역가가 되려면 원서 한 권 뚝딱 읽을 정도의 외국어 실력이 필요하다. 번역가가 되기 위해 필요한 것은 많이 읽고 많이 쓰기. 번역가가 꿈인 사람들에게 해주고 싶은 말, 돈을 많이 벌긴 어렵지만, 경력이 책이 되어 쌓이는 좋은 직업이랍니다.

감사하다는 메일

번역가를 지망하는 학생입니다. 어떻게든 감사 인사를 드리고 싶었는데 이메일 주소를 찾아서 다행입니다. 중학생 때 번역가님께서 번역하신 『배를 엮다』를 읽었는데, 책 자체도 재밌었지만 역자 후기의 "재밌는 글을 보면 번역하고 싶어진다. 그게 우리 직업병이다"라는 부분이 특히 감명 깊었습니다. 그전까지는 확고한 진로가 없었는데, 그 글을 읽고 번역가로 진로를 정하게 됐습니다. 그 책을 읽고 정말 많은 부분이 바뀐 것 같습니다. 제 적성에 맞는 명확한 장래 희망이 생기니 지겹던 공부마저 재밌게 느껴지더군요. 사실 번역가가 사라질지도 모른다, 번역 업계는 정말 어려운 곳이다, 이런 말을 많이 듣습니다. 애초에 문과를 가지 말라고들 많이 말합니다만, 그래도 저는 계속 번역가를 목표로 하려고 합니다. 번역가라는 직업을 제게 알려주신 번역가님께 감사 인사를 한 번이라도 드려보고 싶었습니다.

번역의 미래를 걱정하는 메일

저는 번역가가 꿈입니다. 선생님의 『번역에 살고 죽고』

를 읽으면서 가슴이 콩닥거렸습니다. 저는 그때까지 통번역은 외국에서 오래 살았던 사람들만 할 수 있을 것이라고 생각했거든요. 구체적으로 번역이 어떤 일인지 처음 알았고 그때부터 목표를 정했습니다. 처음으로 하루하루가 의미 있게 느껴졌어요. 그런데 인공지능을 연구하는 전문가들 중에는 10년 안에 완벽한 자동 통번역 기술을 도입할 수 있다고 주장하는 사람들이 있다고 합니다. '지금 사람들에게 꼭 필요한 기술들이 많은데 왜 하필 번역 기술 개발에 이렇게 몰두하는 걸까?' '왜 나는 이 시대에 태어났을까.' 처음에는 이런 유치한 생각만 들 정도로 당황스럽고 화가 났지만 차분히 알아보니 번역 기술이 정복된다 하더라도 문학처럼 사람의 상상력이 필요한 분야는 단시간에는 힘들 것이라더군요. 정말로 10, 20년 안에 인간의 모든 언어를 인공지능이 이해해서 번역가란 직업이 역사 속으로 사라진다면…… 선생님께서는 이에 대해 어떻게 생각하시나요?

오구오구, 우쭈쭈쭈 소리가 절로 나온다. 역시 청소년은 멀리서 보면 걱정스럽지만, 가까이에서 보면 사랑스럽다. 그 나이에 꿈이 있는 것도 너무 예쁘고 기특하다. 20대 이상이 번역하고 싶다고 메일을 보내면 좀 더 다른 일을 찾아보는 건 어떻겠느냐고 얘기한다. 그러나 중, 고등학생들이 이런 메일을 보내면 많이 읽고 많이 쓰고 대학 졸업한 뒤에도 꿈이 변하지 않았으면 연락하라고 답장한다. 그리 꿋발 있는 사람은 아니어서 큰 도움은 되지 못하겠지만, 뭐라도 도와주겠다고. 대학을 졸업하고 취업이 되지 않아서 번역이나 해볼까 하는 사람들과 달리 어릴 때부터 이렇게 번역가의 꿈을 키우는 사람이라면 정말 훌륭한 번역가가 되지 않을까 기대된다. 그들이 번역가가 됐을 때는 번역료가 높아서 곤궁하지 않은 삶을 사는 세상이어야 할 텐데, 하는 걱정은 따르지만.

인공지능이 등장해도 문학을 번역할 수는 없을 거라고 생각했다. 그러나 30년 전의 나는 원고지에 번역해서 우체국 가서 소포로 번역물을 보냈다. 이메일로 한 방에 원고를 보내는 날이 오리라곤 상상도 하지 못했다. 그래서 절대로 그런 날이 오지 않을 거란 말은 차마 하지 못하겠다. 더한 것이 나타날 수도 있다. 다만, 어느 날 갑자기 나타나는 게 아니라 서서히 발전해가는 것이니 거기에 맞춰 대처하는 방법을 찾게 되지 않을까. 저 고등학생 친구에게는 "설마 우리가 살아 있는 동안 인공지능이 문학을 번역하는 날은 오지 않을 거예요"라고 답장을 보냈다. 그런데 10대와 50대. 우리라고 묶을 수 없는 나이……

오가와 이토 씨
만난 날

겸손하게 대답해야지

일본국제교류기금센터 주최로 열린 오가와 이토 씨의
방한 대담 행사를 마치고 일본 대사관 관저의 만찬에서
있었던 일.

주한일본대사: 한국에서 오가와 이토 씨 작품이 이렇게
사랑을 받게 된 데는 역시 번역의 힘이 컸죠. (나를 본다)

오가와 이토: 그러게요. 대담할 때 질문 들으며 번역을 참
제대로 해주셨구나 생각했습니다. 번역하시는 분은 제
2의 엄마라고 생각해요. (나를 본다)

두 사람의 시선을 한꺼번에 받은 나, 수줍게 끄덕거리며 "번역의 힘이긴 하죠"라고 혼잣말을 했다. 긴장한 탓에 진심이(?) 나와버렸다. 두 분 뒤에 앉은 통역가가 통역을 해주었는지 모르겠다. 집에 와서 이불킥을 하며 만찬회장 테이블이 넓어서 못 들었을 거라고 꾸역꾸역 생각했다. 평소에도 사람들이 "그 나이로 안 보이세요"라고 하면 "그죠"라고 대답하는 재수 없는 화법의 나. 앞으로는 누가 빈말을 해주면 "감사합니다" 혹은 "아이, 아닙니다. 별말씀을요" 하고 겸손하게 대답해야지, 굳게 다짐했다. 어렸을 때 깨달아야 할 것을 너무 늦게 깨닫긴 했지만, 더 늦으면 치매로 보일지 모르니 지금이라도 고쳐야 한다. 그러나 원래 사람을 잘 만나지 않았지만, 코로나19 세상이 된 뒤로 더욱 적극적으로 만나지 않고 있어서 안타깝게도 겸손한 대화를 나눌 일이 없네.

도장 선물

오가와 이토 씨의 방한 소식을 들었을 때부터 무슨 선물을 할지 고민했다. 독일에 체류하고 있는 그가 갖고 돌아가기에 부담스럽지 않은 게 뭐가 있을까. 무게도 많이 나가지 않고, 한국적이고, 실용적인 것. 인터넷에서 그런 걸 찾아보다 고른 것이 수제 도장이었다. 일본은 아직 도장 문화여서 유용할 것 같았다. 그래서 인터넷으로 주문을 했다. 도장집 주인이 어떤 글씨체로 할지 문자 메시지로 선택지를 보내주었는데, 小川糸(오가와 이토)라는 이름은 의외로 예쁜 글씨체가 나오지 않았다. 오가와 이토 씨도 그런 말을 했다. 단순하게 쓰려고 이렇게 필명을 지었는데 오히려 쓰기가 어렵다고.

배송 사고로 우여곡절 끝에 빨간색 수제 도장 상자를 받았다. 상자에는 예쁜 손 글씨 메모가 들어 있었다. 내게 쓴 게 아니고, 오가와 이토 씨에게 쓴 것이었다. 일본어와 한글을 나란히 썼다.

정성껏 만든 도장입니다. 이 도장으로 인해 당신에게 좋은 일만 일어나길 바랍니다. 당신의 『달팽이 식당』처럼 말이에요. 작가님의 도장을 만들게 되어 영광입니다.

세상에, 나는 한자 이름만 전달했을 뿐인데, 도장 만드신 분이 오가와 이토 씨를 알고 있었다. 『달팽이 식당』도 읽으신 모양이다. 독일로 돌아간 오가와 이토 씨가 도장을 직접 사용해보았다며, 도장도 예쁘고 도장 만들어주신 분의 편지도 정말 고맙다고 말했다. 뜻밖의 곳에서 생긴 훈훈함, 그야말로 오가와 이토 씨의 소설에 나오는 에피소드 같다.

대담장에서 만난 팬

그날, 평온하고 훈훈한 하루였던 것 같지만, 사실은 도장 배송 사고 때문에 나가야 할 시간이 지났는데도 물건이 오지 않아 식은땀을 철철 흘렸다. 어찌어찌하여 퀵서비스로 전달받고 부랴부랴 택시를 타고 갔지만, 이번에는 차가 빡빡 밀렸다. 대담 시작하기 전에 출판사 편집자들과 미리 만나서 오가와 이토 씨의 산문집 『양식당 오가와』 번역 계약을 하기로 했는데 말이다. 대담 시간 직전에 편집자들이 기다리는 카페에 도착해서, 사인만 후다닥 하고 같이 대담장으로 향했다. 사전에 담당자에게 동행 인원수를 말해두어서, 도착하자 바로 지정된 자리로 안내해주었다. 우리 일행은 네 사람이었다.

자리에 앉고 나서야, 도장 오배송 때부터 미치고 팔딱 뛰던 심장도 제자리를 찾고 비로소 안도의 한숨을 내쉬었다. 마침 진행자가 대담자 중 한 분이 차가 밀려서 아직 도착하지 않아 대담이 늦어진다는 안내를 했다. 알고 보니 그쪽 동네에 시위가 있었던 모양이다. 앗싸. 마음속으로 더 늦게 와주세요, 하고 빌면서 제대로 인사를 나누지 못한 편집자들과 수다를 떨었다.

그때였다. 내 왼쪽에 앉은 여성분이 조심스럽게 말을 걸었다.

"혹시…… 권남희 선생님이세요?"

"네."

그랬더니 이분, 바로 눈물을 펑펑 쏟으며 "저 선생님 팬이에요" 하고 우는 게 아닌가. 놀랐다. 이런 일은 유명 연예인한테나 생기는 줄 알았는데 내게 팬이라니. 가끔 선생님 팬이에요, 하고 메일이 와도 팬이라는 단어는 머릿속에서 '독자'로 자동 변환된다. 갑작스런 팬의 눈물에 남 우는 걸 보면 따라 우는 나도 울고. 편집자에게 휴지를 얻어서 팬에게도 건네고 나도 닦고. 처음 만난 번역가와 팬이 같이 우는 모습은 아마 지구상에서 두 번 다시 볼 수 없는 진풍경이지 않았을까. 옆에서 황당하고 당황스러웠을 편집자들.

"옛날부터 팬이었어요" 하는 이분, 대학원에서 일본어를 전공했다는 청초한 30대 여성이었다. 눈물의 즉석 팬미팅(?)은 대담자가 도착하며 끝났다.

종일 물도 못 마신 탓에 너무 배가 고파서 대담 중에 혼잣말로 "아, 배고파" 하고 중얼거렸더니, 그 분이 살짝 간식을 건네주었다. 나는 팬님에게 살짝 명함을 건넸다.

그리고 그 후 가끔 메일을 주고받았다. 그는 30여 권 넘게 모은 내 번역서 사진을 보내주었다. 17, 18년 전의 책도 있었다. 『귀찮지만 행복해 볼까』가 출간됐을 때는 열 권을 사서 지인에게 선물했다며 인증샷을 보내주었다. 알라 딘에 정성껏 쓴 리뷰도 올려주었다. 리뷰를 읽는 사람이 라면 한 권쯤 사보고 싶어질 감동적인 리뷰를.

편집자들과의 대화를 듣고 나란 걸 알았다고 한다. 그날 시위가 없었더라면, 그래서 차가 밀리지 않았더라면, 그래 서 제시간에 대담이 시작됐더라면 서로 모른 채 헤어지지 않았을까. 옷깃을 스치는 것도 억겁의 인연이라는데, 이렇 게 팬과 나란히 앉는 것은 몇억 겁의 인연인 걸까. 오가와 이토 씨를 비롯해서 많은 분을 만난 날이었지만, 이분을 만난 일이 가장 감격스러웠다. 집에 와서 정하에게 제일 먼저 한 말도 "엄마한테 팬이 있었어!"였다.

오가와 이토 씨와의 메일

숏커트에 롱 원피스를 입은 오가와 이토 씨는 분위기도 말투도 차분했다. 발음도 아나운서처럼 정확하고 그 많은 사람들 앞에서 조금도 긴장하지 않고 어떤 질문에든 막힘 없이 대답했다. 북토크에 최적화된 작가다. 일본 여성의 목소리는 보통 하이톤이지만, 오가와 씨는 심야 라디오방 송에 어울릴 나직하고 편안한 톤이다. 데뷔작인 『달팽이 식당』부터 쭉 번역해오면서 내가 쓴 소설을 옮기는 듯 글 이 손에 착착 감겨서 나와 비슷한 과인가 했지만, 아니었다. 여러모로 나와 같은 가벼움은 찾아볼 수 없다. 그는 묵직하면서 쿨하고, 따스함 속에 날카로움이 있는 사람이었다. 처음 접하는 스타일이었지만, 낯익다 싶었던 것은 그의 작품 속 주인공들이 대부분 그런 캐릭터.

만찬에서 옆자리에 앉은 오가와 이토 씨에게 "번역하다 질문할 것 있을 때 메일을 드리고 싶은데 메일 주소 좀 가르쳐주시겠어요?" 하고 수첩을 내밀었더니 선뜻 적어주었다. 오가와 이토 씨는 특이하게 명함이 없다. 휴대폰도 없다. 그리고 동행한 신초샤 편집자가 귀띔하기를 "선생님"이라는 호칭을 싫어해서 "오가와 씨"라고 불러주는 걸 좋아한다고. 아, 딴 얘기지만, 이 편집자는 엑소 덕후였다. 내가 국카스텐 굿즈인 팔찌를 보여주었더니, 편집자는 엑소 굿즈인 휴대폰 그립톡을 보여주었다. 만찬장에서 뜬금없이 서로의 덕질 이야기를 했다.

메일 주소를 알았다고 해서 『츠바키 문구점』처럼 펜팔을 하는 일은 없었다. 한글로 쓰면 휘리릭 쓰겠지만, 일본어로 쓰려면 그것도 노동이다. 오가와 이토 씨의 책을 계약했을 때나 번역하다 질문이 있을 때 등 공식적인 메일을 쓰는 김에 강아지 나무 얘기나 사소한 잡담을 하는 정도다.

『라이온의 간식』 번역을 맡게 됐다고 메일을 보낼 때,

나무가 무지개다리를 건넜다는 소식을 전했더니 아주 긴 답장이 왔다. 처음 만났을 때부터 서로의 반려견 얘기를 나누었고, 그도 말티즈를 자식처럼 키우고 있어서 나무를 잃은 마음을 누구보다 잘 아는 것이다. 진심으로 깊은 애도의 글을 보내주었다. 오가와 이토 씨의 홈페이지에도 "한국에서 내 책 대부분을 번역해주신 남희 씨의 애견 나무가 세상을 떠났다는 메일이 왔다"라는 글이 있다. 우리 나무 출세했다. 유명한 소설가의 애도도 받고, 홈페이지에 이름도 올리고.

이렇게 쓰고 보니 오가와 이토 씨와 무척 친한 사이 같은데 그렇진 않다. 다이렉트로 연락이 가능한 것뿐.

3

저자가
되고 보니

하현우 씨 추천사를
받고 싶어서

『귀찮지만 행복해 볼까』에 꼭 추천사를 받고 싶은 사람이 있었다. "바로오오오오오오" 하고 〈복면가왕〉 김성주 씨처럼 소개해야 할 것 같은 그 사람은 바로 우리 동네 음악대장, 국카스텐의 하현우 씨. 책을 쓰기 전부터 책이 나오면 하현우 씨에게 추천사를 의뢰하겠다는 야무진 꿈이 있었다. 하도 떠들고 다녀서 주변의 많은 사람들이 알고 있지만, 나는 국카스텐 덕후다. 『귀찮지만 행복해 볼까』에 국카스텐 덕질기를 한 편 싣기도 했다. 국카스텐의 노래 가사는 여느 가요의 가사보다 고품격인데, 이걸 모두 하현우 씨가 썼다. 그 묘한 분위기와 독특한 표현력 덕분에 국카스텐의 음악은 더욱 몽환적이고 문학적이다. 그런 그의 멋진 글 너덧 줄을 살포시 얹으면 책이 얼마나 빛이

날까, 생각했다.

그러나 하현우 씨에게 어떤 방법으로 연락을 취할지 몰라서 차일피일 미루다 결국 원고가 거의 완성됐을 때에야 소속사 홈페이지에 들어가보았다(출판사에서 하겠다는 걸 꾸역꾸역 내가 한다고 우겼다). 전화 거는 걸 싫어해서 전화 의뢰는 무리고, 작업 의뢰받는 메일 주소로 메일을 보냈다. 연애편지도 그렇게 정성들여 쓴 적이 없는데 1박 2일을 쓰고 고치고 다듬고 설레며 정중하게 추천사를 의뢰했다. 사실 1퍼센트의 가능성을 가지고 던져나 본 것이어서 안 되면 일찌감치 포기하도록 가부간에 응답만 주었으면 하는 마음이었다. 다음날 소속사에서 비교적 빠른 답장이 왔다. 내용은,

DELIVERY FAILURE: Delivery time expired.

뭐가 잘못됐나, 하고 주소를 또박또박 쳐서 다시 보냈다. 다음 날 답장도 내용은 같았다. ……안 되겠다. 시간도 없는데 비장의 무기를 쓰자. 하현우 씨가 부담스러울까봐 내가 이 무기는 절대 쓰지 않으려고 했지만. 그러나 하현우 씨, 그 방법이 아니면 연결이 안 돼서 말입니다.

하현우 씨는 신형철 작가의 작품을 좋아한다. 그의 평론

집 『몰락의 에티카』를 읽고 만든 〈깃털〉이라는 노래도 있다. 신형철 작가와의 연결은 간단하다. 내가 아는 출판 관계자들 한 다리만 건너면 된다. 이 관계자 중 한 편집자에게 부탁했다. 하현우 씨의 팬인데 책의 추천사를 받고 싶다는 취지를 신형철 작가님에게 전하고, 하현우 씨의 메일 주소 좀 알려줄 수 없는지 여쭤봐주십사 하고.

몇 시간 뒤 편집자에게 문자가 왔다. 하현우 씨가 내 전화번호와 메일 주소를 달라고 해서 전했다고 한다! 까악! 세상에 태어나서 내 심장 소리를 스테레오 사운드로 들은 건 처음이다. 쿵쿵쿵쿵. 전화가 오면 심장마비로 사망할지 모르니 문자로 보내주면 좋겠다, 생각하며 설렜으나 안타깝게도 연락은 오지 않았다. 하루 이틀 사흘 나흘……. 세월은 계단을 네댓 칸씩 뛰어 내려가듯 흘러서 인쇄할 날은 다 돼가는데 연락이 없다. 0.00001퍼센트의 가능성을 기대했지만 연락은 끝내 오지 않았고, 인쇄는 들어갔다. 아아, 거절해도 탈덕하지 않으려고 했는데, 팬심이 식는 건 인지상정이겠지. 못 한다고 문자라도 주지. 설레게 연락처는 왜 달라고 했대.

그랬는데 공교롭게 인쇄 다음 날! 소속사 분(이라고 하지만 동생인 듯)에게서 메일이 왔다. 그 메일을 읽고서야 깨달

왔다. 이 사람은 계속 갈등하느라 답이 늦었구나…… 게다가 책이 이렇게 빨리 나올지 몰랐던 거지. 출판계 사람들이야 추천사 의뢰할 때는 책 나오기 직전이란 걸 알지만. 인쇄가 끝난 뒤라 추천사 수락 여부는 관계없었지만, 그는 거절했고 이유는 두 가지였다. 첫째, 자기의 추천사가 책에 누가 될까 봐. 둘째, 그동안도 추천사를 거절해와서 형평성 문제로.

그럼에도 전달자가 좋아하는 작가이고, 의뢰하는 사람이 팬이라고 하니 고민이 길어진 것이다. 심사숙고했지만 최종적으로 고사하게 됐다고 "늘 건강하고 행복하시길 바란다고 전해달라고 하였습니다"라고 했다. 콘서트 때 늘 듣던 마지막 인사여서 음성지원되고, 간단히 결정해도 될 일을 심사숙고했을 쓸데없이 진지한 하현우 씨의 모습이 상상됐다. 그라면 그러고도 남을 사람이다.

뼛속까지 단순한 사람이라 메일 한 통에 식어가던 팬심이 살아났다. 충분히 상황을 납득했다. 추천사란 게 써야 할 의무가 있는 게 아니다. 써주면 그 은혜 백골난망이고 써주지 않으면 의뢰해서 정말 미안한 일이다. 나도 얼마 전에 후배의 추천사 의뢰를 고사하면서 식은땀을 철철 흘린 적이 있다. 의뢰한 후배가 서운할까 봐 단 한 줄의 글도 쓸 시간이 없는 빽빽한 스케줄을 일일이 설명하고 정중하게 거절했다. 부탁하기도 어렵지만, 거절하는 것은 그보다 더 어렵다는 걸 깨달았다. 이렇게 하나둘 깨우치며 인간이 되어가는 거겠죠. 국카스텐 3집을 기다리며, 이상.

배철수의 음악캠프

라디오를 듣는 일이 거의 없다. 5년 전에 국카스텐이 출연한다고 해서 들은 〈배철수의 음악캠프〉(이하 〈배캠〉)가 가장 최근에 자발적으로 들은 라디오방송이다. 그전에는 아마도 대학생 때 들은 〈이문세의 별이 빛나는 밤에〉가 마지막이었을 것이다. 일하면서 라디오를 듣거나 책 읽으면서 라디오를 듣는 멀티가 되지 않는다. 라디오만 들으면 좋겠지만, 그렇게 한가로운 날이 별로 없었다. 그런데 공교롭게 다시 들은 라디오 프로가 〈배캠〉이었다. 어느 날 그곳에서 내 글이 흘러나왔기 때문이다.

작년 3월의 일이다. 모 출판사 편집장님에게 부재중 전화가 와 있었다. 『귀찮지만 행복해 볼까』를 너무 재미있게 읽었다는 메일을 받은 지 한 시간쯤 지난 뒤였다. 어쩐 일로 또 전화를 하셨을까 궁금했는데 밤에 다시 메일이 왔다.

내게 메일을 보내고 퇴근하는데 〈배캠〉에서 내 책에 실린 「하루키의 고민상담소」가 나와, 놀랍고 신기하고 반가워서 얼떨결에 전화를 하셨단다. 내 이름과 책 제목은 나오지 않았지만, 분명 내 책의 에피소드였다고 했다.

이게 웬 영광이야, 하며 '다시 듣기'가 올라왔을 때 얼른 들어보았다. 기쁨은 순식간에 사라지고 화가 났다. 엄청나게. 내 글은 내 글인데 에피소드의 주어가 권남희가 아니라 "한국에 사는 어느 아줌마"였다. 책을 줄줄 읽는데, 주어가 계속 "아줌마가"다. 아니, 내가 아저씨 아니고 아줌마인 건 사실이지만, 아줌마이기 전에 그 글을 쓴 작가이다. 인터넷에 떠돌아다니는 작자미상의 글도 아니고, 나온 지 얼마 되지 않은 신간에 실린 글이다. 주어가 '어느 번역가' 정도만 됐어도 아쉽지만 〈배캠〉에 내 글이 나온 것을 영광으로 생각하고 말았을 것이다. 아줌마가, 아줌마가. 마치 한국의 어떤 아줌마가 주책스럽게 무라카미 하루키한테 고민을 상담한 것 같은 분위기다. 설마, 설마 하며 듣는데 내가 무라카미 하루키에게 보낸 질문까지 그대로 읽었다. 다행히 답장까지는 읽지 않았다. 청취자 게시판에는 "그래서 하루키가 뭐라고 답장했는데요?" "아줌마가 받은 하루키 답장 궁금해요!" 이런 글들이 올라와 있었다.

출판사에서 대신 항의 전화를 했더니, 며칠 뒤에 이 책 소개를 하기로 되어 있어서, 한 주에 같은 책을 두 번씩 방송하면 안 되기 때문에 제목을 말하지 못했다고 정중히 사과했다고 한다. 단순한 아줌마는 "아줌마가" 때문에 화난 건 금세 잊고, 배철수 님이 내 글을 또 읽어준다는 사실에 기뻐했다. 그리고 정말로 며칠 뒤 책을 소개하는 방송이 나왔다. 대구 사는 언니도 매일 이 프로그램을 듣는 애청자여서 실시간으로 들었다고 한다.

그러고 한 주일이 지났나. 이번에는 독자 한 분이 "남편이 퇴근길에 〈배캠〉 듣는데 선생님 글이 나와서 반가웠대요"라고 알려주었다. 그래서 또 듣게 되었다.

워낙 오래되고 인기 있는 프로그램이어서인지 어딘가에 꼭 한 명은 방송을 듣고 전해주는 사람이 있는 게 신기했다. 아니면 절대 알지 못하고 넘어갔을 텐데. 아무튼 배철수 님, 감사합니다. 아, 그러고 얼마 후에 불교방송의 〈음악이 흐르는 풍경〉에서도 일주일 동안 하루에 한 편씩 이 책을 읽어주었다. 부처님도 감사합니다.

엄마, 나 대단하지?

『귀찮지만 행복해 볼까』가 나왔을 때, 엄마한테 내 인터뷰가 실린 신문과 책과 사은품인 손거울을 갖고 가서 보여주었다. 10년 전『번역에 살고 죽고』가 나왔을 때의 무표정과 달리 엄청나게 대대적인 반응이었다. 이유는 딸이 책을 내서가 아니라 신문에 사진이 예쁘게 나와서였다. 탤런트 같다고 좋아했다. 전문가의 메이크업과 보정 덕에 연예인 사진 못잖게 나왔으니 엄마가 좋아할 만도 하다. 딸은 딸인데 딸이 아닌 딸의 사진.

"아이구야, 이걸 누가 쉰다섯 살이라 하겠노."

보정 혹은 포샵이란 걸 설명하려면 너무 머나먼 길을 가야 하므로 "그치~" 하고 말았다.

엄마가 폴더폰을 내밀며 "이래 뚜껑 열면 이 사진 나오

게 해줘봐. 사람들 다 자식이나 손자들 사진 있더라"라고
해서 배경 화면으로 내 사진을 깔아주었다. 오, 폴더폰이
아이폰 같아졌어.

"신문에 이래 내는 데 얼마고?"
"공짜야."
"세상에, 누가 이래 내주노. 니가 엄마한테 잘하고 하도
착하게 살아서 복 받았는갑다."
"맞아."
사람은 긍정적이어야 한다.

두 번째로 엄마가 좋아한 건 책이 아니라 사은품인 손
거울이었다. 너무 예쁘다고 좋아했다. 당신 친구들한테도
나눠준다고 10개 갖고 갔는데, 경로당 노인들 다 나눠주
고 싶다고 20개 더 주면 안 되냐고 했다. 그래서 갖다준다
고 했다. 사진이 실린 신문도 주고 왔다. 마늘 깔 때 쓰는
거 아닐까 걱정했더니, 고이 모셔두고 오는 사람마다 자
랑하는 것 같다.
드디어 책에도 관심을 보였다. "이거 내가 읽어도 되
나?" 해서 뜨끔했는데, 책을 펴보더니 "글씨가 작아서 하
나도 안 보이네"라고 했다. "그치? 애들이 보는 거라서"

하고 얼른 책을 받아서 가방에 넣었다. 식구들끼리 뭐 이런 걸 읽나. 오글거리게.

　"엄마, 나 대단하지?"
　"뭐라고?"
　"나 대단하지?"
　"보청기가 동사무소에서 공짜로 해준 거라 싸구란지 잘 안들리, 이게."

　그렇다고 합니다.

책을 써요,
남희 씨

20년쯤 전, 오랜만에 만난 출판계 선배가 내게 이런 조언을 했다.

"남희 씨, 책을 써요. 책을 쓰면 정하한테 인세를 유산으로 남길 수도 있잖아요."

그 선배는 "일기 쓰세요" 하고 숙제 내주는 초등학교 선생님처럼 책을 쓰라는 말을 아무렇지 않게 했다. 전혀 현실성 없는 조언이라고 생각했다. 나도 어릴 때부터 책을 쓰는 것이 꿈이었지만, 아직은 그럴 그릇이 못 된다. 내가 책을 쓰고 싶다고 쓸 수 있는 것도 아니고, 썼다고 하더라도 어느 출판사에서 일개 번역가의 책을 내줄까. 설령 마음씨 좋은 출판사에서 내줬다 치더라도 그 책을 과연 누가 살까. 인세도 책이 팔려야 나오는 것. 인세 유산은커녕 살아서 한 달 생활비 건지기도 어려울 거다. 그런 허황한 조언 말고 당장 일거리 없는데 번역할 출판사나 좀 소개해주시지, 생각하며 집으로 돌아왔다.

몇 년 뒤, 다시 선배를 만났다. 나도 자리 잡은 번역가가 되었고, 선배도 책을 몇 권 펴낸 저자가 되었다. 선배가 또 말했다.

"남희 씨, 책을 써요. 책을 써야 돈이 돼. 내가 써보니까 이게 정말 괜찮더라고."

제법 아는 출판사도 많아졌고, 내 이름을 아는 독자들도 많아졌고, 글 쓸 거리도 많아졌다. 이제 그리 무모하기만 한 도전은 아니다. 그러나 가장 현실적인 문제로, 책 쓸 동안 번역을 하지 않으면 수입이 없다. 아이는 한창 돈 들어갈 청소년인데. 그냥 헤헤 웃기만 하고 돌아온 내게 선배는 이런 콘셉트의 책을 써보라는 메일을 보냈다.

불행이라는 단어가 없는 사전을 끼고 사는 여자, 권남희.
이 소소한 행복을, 다 갖고도 불행한 우리 시대 많은 여자들과 나누고 싶어요.

당시에는 '에이, 내가 무슨 행복' 하고 넘겼는데, 이 선배는 기획계의 이상(李箱)이었나. 작년에 출간한 산문집이 저런 콘셉트 비스무리한 것으로 좋은 반응을 얻었으니.

몇 년에 한 번씩 안부를 묻던 선배와 마지막으로 메일을 나눈 것은 공교롭게도 진짜로 내가 책을 낸 며칠 뒤였다. 입버릇처럼 "남희 씨, 책 쓰세요, 소설 쓰세요" 하던 선배에게 "신문에 온통 남희 씨 책 이야기네요" 하고 메일이 왔다. 실제로 10년 전, 『번역에 살고 죽고』가 나왔을 때, 크고 작은 모든 신문에 이 책 기사가 실렸다. 그런데 선배의 축하 뒤에 이어지는 메일 내용이 좀 충격이었다. 아이패드에 넣어서 읽게 최종 파일을 좀 보내달라는 것이다. 나도 출판사에 최종 파일 달란 말은 차마 하지 못해서 그때도 없었지만, 지금도 없다. 그런 걸 어쩌면 이렇게 당당하게 보내달라고 하지. 본인도 책 쓰는 일을 하니 그 최종 파일이 얼마나 중요한 것인지 알 텐데 말이다. 뭐라고 해야 할지 몰라서 차일피일하다 보니 10년이 지난 지금까지 답장을 하지 못했다. 인간관계란 젠가 놀이 같아서 쌓기는 힘들지만, 무너지는 건 아차 하는 한순간이다.

어쨌든 '남희 씨가 책을 쓴 이후로' 책을 쓰는 번역가가 많아졌다. 『번역에 살고 죽고』를 내기 전만 해도 쟁쟁한 대가들이 쓴 정통 번역 이론 책은 있었지만, 번역가의 신변잡기 같은 산문집은 별로 없었는데 내가 물꼬를 튼 것

아닐까(하고 확실한 통계도 없이 잘난 척을 해본다). 작가 그늘에서만 살던 번역가가 작가가 되어 세상에 나오는 게 자연스러워졌다. 백댄서를 하던 김종민이 앞으로 나와서 코요태가 되고 예능인이 된 것처럼. 그러나 김종민이 다시 백댄서를 하는 일은 없겠지만, 우리는 여전히 번역가란 직업을 사랑하며 원서와 사전과 고군분투하고 있고, 앞으로도 그럴 것이다.

NO라고
말하기

『번역에 살고 죽고』의 출간을 앞두고 있을 때, 편집자
가 말했다.

"×××선생님한테 추천사를 받으면 어떨까요."

좋죠! 친한 사람이어서 나는 얼른 그에게 추천사를 부
탁했다. NO라는 말을 들을 확률은 조금도 생각하지 못했
다. 반대의 경우라면 나는 내일이 번역 마감이어도 A4 한
두 장쯤 거뜬히 써줄 수 있었고, 그러고도 남을 관계였기
때문이다. 원고지 1매 정도야 껌이겠지. 평소 내 블로그 글
을 읽어서 굳이 원고를 읽지 않아도 내 글의 성격을 알 테
고, 몇 줄 쓰는 건 아무것도 아닐 거라고 생각했다. 그런데
뜻밖에도 단칼에 거절했다. 워낙 부탁을 못 하는 성격이어
서 누군가에게 별로 부탁을 해본 적도 없고, 거절당한 적

은 더더욱 없던 터라 몹시 당황스러웠다.

　그다음에 추천사를 의뢰한 분은 남경태 선생님이었다. 가까운 분이었지만, 거절을 하는 불상사가 생기면 서로 불편해지므로 이번에는 끼지 않았다. 역시 공적인 일은 공적으로 하는 게 좋은 것 같다. 편집자의 의뢰에 선생님은 흔쾌히 수락했고, 멋진 추천사를 써주셨다. 나중에 사석에서 선생님을 만났을 때, 훌륭한 추천사 감사하다고 인사를 드렸더니 이렇게 말씀하셨다.

　"내가 주례하고 추천사는 안 하려고 하거든요. 편집자 메일 제목 보고 거절해야지, 하고 열어봤더니 아는 사람이어서 거절하질 못하겠더라고요. 그래서 앞에만 좀 보고 대충 쓰려고 했는데 읽다 보니 재미있어서 다 읽었네. 허허허."

　아, 지인에게 추천사 거절당했을 때 섭섭했던 이유가 이것이었구나. 아는 사람인데 거절해서. 젊은 사람들은 꼰대라고 욕하겠지만, 우리는 아는 사이에 거절하는 게 익숙하지 않은 세대다. 친한 사이지만, 단호히 거절한 10년 전의 그 사람이 옳았다는 것은 세월이 한참 흐른 뒤에 깨달았다. 아무리 아는 사이여도 안 되는 것은 안 되는 것. 정과 친분에 이끌려 싫은 일을 할 수는 없는 것. 나도 지금은 이런 사고에 익숙해졌고, 그게 옳다고 생각하지만 아직 제대로 실천하지는 못한다. NO라고 말하는데 익숙하지 않고 NO라는 말을 듣는 데도 익숙하지 않다. 그러나 예전보다는 잘한다.

덧. 남경태 선생님은 워낙 유머 넘치는 달변가여서 몇 명이 모이건 항상 그 자리의 중심이 되는 분이셨다. 미술이면 미술, 음악이면 음악, 세계사면 세계사, 정치면 정치, 종교면 종교, 바둑이면 바둑. 장르 불문하고 걸어다니는 사전 같은 분. '~이셨다'라고 과거형 어미를 쓰는 이 현실이 지금도 믿기지 않지만, 선생님은 추천사를 써주신 4년 뒤 지병으로 세상을 떠나셨다. 올해 내가 선생님 떠나시던 해의 나이가 되고 보니 더욱 안타깝다. 왠지 하늘에서도 천사들 모아놓고 재미있는 얘기 하고 계실 것 같은 선생님, 잘 계시지요…….

독자의 건강 조언

『번역에 살고 죽고』가 출간됐을 때, 생각지 못한 곳에서 많은 메일이 왔다. 인터뷰는 당연한 것이고, 졸업한 이후 소식이 끊긴 중, 고등학교 동창부터 연락이 오기 시작하더니 통번역 대학원이나 대학의 강연 요청도 들어왔다. 요청받는 자체가 가문의 영광이었지만, 정중히 사양했다. 주제넘게 나섰다가 가문의 수치가 될지도 모른다.

이렇게 사방에서 온 메일 중에 특이한 메일 한 통이 있었다. 그는 법의학자라고 자기를 소개했다. 설마 하고 의심하며 이름을 검색해보니 진짜였다. 책을 재미있게 읽어서, 라고 했지만 책 속의 내가 건강하지 못한 생활을 하는 게 답답해서 메일을 보내신 것 같다. 처음부터 끝까지 건강에 관한 조언이었다. 일부만 옮기자면 다음과 같다.

(…) 건강관련 일본 서적이 서점에 마구 쏟아져서 나오고 있습니다만, 특히 근래에는 체온과 관련된 책들이 주류를 이루고 있습니다. 바로 그것입니다. 어릴 때 기억을 되살리면 어머니나 할머니가 입버릇처럼 하는 말씀이 이것이죠. "사람은 몸을 따시게 해야 한다이……." 즉, 새삼스러운 얘기가 아니란 겁니다. 현대인의 몸에 문제가 많이 생기는 주요한 원인은 체온이 낮게 생활한다는 것입니다. 운동을 하는 것도 여러 가지 효과가 있습니다만, 그중에서도 중요한 한 가지 작용은 근육의 수축에 의하여 열이 생산되고 결과적으로 체온이 올라가기 때문에 몸에 좋다는 것입니다.

따라서 실생활에서 간단히 적용할 수 있는 것들을 예로 들면 다음과 같습니다. 특히 여름이기 때문에 주의해야 할 것은 찬 음료입니다. 또 이런 것을 유의하십시오.

1. 체온을 높여주는 음식을 충분히 섭취한다(예: 생강).
2. 잠을 잘 때는 물론이고 평소에도 옷을 따뜻하게 입는다.
3. 음식과 음료도 따뜻한 것을 섭취한다.
4. 수분 섭취를 지나치게 많이 하지 않는다(수분이 많아지면 체온이 내려가기 때문에).

이런 친절한 조언과 함께 건강을 위해 마라톤을 하라고 권하셨다. 운동이 쥐약인 내게 그건 좀 무리였다. 나쁜 습관이지만, 건강과 운동에 대한 조언은 언제나 한 귀로 듣고 한 귀로 흘린다. 이론으로 모르는 성인은 없다. 알면서 하지 않는 사람에게 자꾸 말해봐야 잔소리다.

저 메일을 받고 나서 오랜 세월이 흘렀다. 여전히 운동량은 그리 늘지 않았다. 남들에 비하면 칩거 수준이지만, 그래도 예전보다는 많이 나가는 편이다. 유일하게 잘 지키는 것은 찬 음료 마시지 않기. 겨울에도 차가운 물만 마시던 오랜 습관이 싹 고쳐졌다.

열심히 운동하고 몸에 좋은 것만 먹으며 일찍 자고 일찍 일어나면 더없이 훌륭한 사람이겠지만, 무언가를 해야 한다는 강박관념을 갖지 않는 것도 건강에 좋은 것이라고 혼자 정신 승리하고 있다. 부모님이 미모와 돈은 물려주지 않았지만, 다행히 건강한 유전자를 물려주신 덕분에 아직은 감기보다 큰 병 걸린 적 없이 무탈하게 살고 있다. 그러나 부모님은 평생 몸을 많이 움직인 부지런한 분들이었다. 책상 앞에만 있는 나와는 차원이 다르다. 지금까지 무탈했던 것은 요행이었는지도 모른다. 슬슬 운동을 해야겠다는 사실을 절감하고 있다. 의자에서 일어날 때마다 에고고고 소리가 절로 난다.

궁금증은
언젠가 풀린다

2008년, 중학생이 된 정하가 어느 날, 엄마처럼 일본 문학 번역가가 되고 싶다고 말했다. 이건 한 35번째쯤 되는 장래 희망이던가. 국어 시간에 장래 희망을 발표해야 해서 생각해보았는데 엄마처럼 신선놀음하듯 번역을 하며 살면 좋을 것 같다는 설명이었다. 아침 일찍 일어나지 않아도 되고, 복잡한 지하철 타고 출퇴근하지 않아도 되고, 날씨가 추우나 더우나 편안하게 집 안에서 일해도 되고…… 자기도 그런 일을 하고 싶다고 했다. 나는 어차피 바뀔 꿈인 걸 알기 때문에 "잘 생각했다. 나중에 엄마 일 좀 도와줘" 하고 건성으로 대답했다.

그런데 국어 수업 시간에 이런 장래 희망을 발표했더니 선생님이 굉장히 부정적으로 말씀하시더란다. 선생님의 남자 동창 중에 우리나라에서 손꼽히는 일본 문학 번역가가 있는데, 그 사람은 워낙 유명해서 일도 많이 들어오고 돈도 많이 벌어서 전원주택을 짓고 산다, 그런데 번역이란 게 그렇게 쉽게 일이 들어오는 것도 아니고, 자리 잡기도 힘들고, 좌우지간 "동창이 일본 문학 번역가여서 잘 아는데" 절대 쉬운 일이 아니라고 말리시더란다.

아니, 이 돈 못 버는 번역 일로 그렇게 잘사는 분이 누굴까. 우리 모녀는 그 번역가가 너무 궁금했다. 그 정도로 잘나가는 분이라면 Y선생님인가? 하고 실례를 무릅쓰고 혹시 중학교 국어 선생님인 동창이 있는지 물어보았을 정도다.

2학년 때 같은 선생님이 또 국어를 가르쳤고 또 장래 희망을 발표하게 했는데, 정하는 또 일본 문학 번역가라고 발표했다. 선생님은 1학년 때 했던 말씀을 잊어버렸는지 또 남자 동창 얘기를 꺼내며 아무나 못 하는 거라고 강조하다가, 이번에는 "네가 열심히 공부하면 내가 그 친구한테 부탁 좀 해줄 수도 있지" 하시더라고.

1년 내내 과연 그 동창이 누구일까 궁금해했던 터라 정하는 이때다 하고 그분이 누구인지 물어보았단다. 그랬더니,

"너 일본 문학 번역가에 대해서 좀 아냐?"

"네."

"혹시 부모님이……?"

"네. 엄마가 번역하세요."

"……"

"그 번역가 친구분은 성함이 어떻게 되세요?"

"몰라도 돼."

번역으로 성공하여 전원주택을 짓고 사는 일본 문학 번역가는 누구인지 끝내 수수께끼로 남고 말았다.

-「딸의 장래 희망」『번역에 살고 죽고』에서

2019년, 친구와 함께 동유럽 패키지 여행을 갔을 때의 일이다. 아직은 팀원 중에서도 나이가 비슷한 사람들하고만 수줍게 얘기하던 여행 3일째, 긴 테이블에 16명쯤 앉아서 아침 식사를 하다가, 친구가 나를 가리키며 "얘는 번역을 해요"라고 소개했다. 주위에 앉은 분들이 "어머, 대단하다. 무슨 언어 번역해요?" 물어서 일본어라고 대답했다. 그때, 테이블 저 끝에 앉은 60대 부부가 "일본어 번역이면……" 하고 두 분이 서로 마주보는 모습이 얼핏 눈에 들어왔다.

며칠 뒤, 4인석 테이블에서 같이 식사를 하게 된 그 60대 부부님. 아내분이 물었다.

"일본어 번역하면 다들 서로 알고 지내요?"

"아뇨, 잘 몰라요. 개인적으로 아는 사람이 몇 있긴 하지만, 공식적인 교류가 있는 건 아니에요."

그러자 남편분이 "우리 동네에 일본어 번역 하는 사람 있는데" 하고 말했다.

"어머, 누구신데요?"

"○○○."

성별과 나이는 모르지만 많이 들어본 이름이었다. 신기해라, 동유럽에서 동료의 이웃사촌을 만나다니! 하고 놀라기 전에 친구가 먼저 놀랐다.

"어머! 그분, 우리 애 아빠 친구예요."

친구가 그분의 전원주택에도 놀러 간 적 있다고 하니, 60대 부부님은 같은 전원주택 마을의 이웃사촌으로 종종 모임을 갖는 멤버라고 했다. 오오 세상에, 하고 있는데, 이슬아 작가의 부모님도 그 멤버였다며 "슬아도 어릴 때 많이 봤죠"라고 한다. 나의 놀라움과 관심은 바로 ○○○ 님에서 이슬아 작가로 넘어갔다.

동유럽 여행을 다녀온 몇 달 뒤, 정하가 감동에 절어 추천한 내 책『번역에 살고 죽고』를 읽다가, 까맣게 잊고 있던 저 국어 선생님 에피소드를 보게 된 것이다. 나는 불이라도 난 것처럼 자기 방에 있는 정하에게 소리를 질렀다.

"정하야! 나 이 번역가 누군지 알아!"

중고 도서를
샀더니

인터넷 서점에서 『번역에 살고 죽고』 중고 도서를 주문했다. 절판된 책이어서 중고 매장에서 가끔 눈에 띄면 반가운 마음으로 산다. 나중에 희귀본이 될지도 모르니까. 이번에는 이 책을 꼭 읽고 싶어 하는 분이 있어서 보내주려고 샀는데, 다행히 상태가 좋은 책이 왔다.

그런데 책이 온 다음 날, 메일이 한 통 왔다. 책을 파신 분이었다.

"혹시 저자분 아니세요?"

앗. 역시 자기 책을 자기가 사다 보니 이런 상황을 만나게 되는구나. 좀 민망해서 "아는 분이 읽고 싶어 하시는데 소장본이 없어서 중고 도서라도 구입해 드리려고" 하고 먼저 장황한 설명을 늘어놓았다. 그분은 그분대로 미니멀

리즘을 실천하느라 도서를 정리했다며 중고 도서로 내놓은 걸 미안해했다. 책을 팔려고 내놓았는데 저자가 사니 당황스러웠겠지만, 서로에게 재미있는 에피소드가 됐으니 해피 엔딩이다.

그분에게 산 책은 어느 편집자에게로 갔고, 그 책을 읽은 편집자는 소설을 계약하자고 했다. 나는 그러자고 했다. 그 책을 파신 분이 이런 말도 안 되는 전개를 알면 얼마나 놀라실까.

자기소개

이력서에 쓸 게 없어서 20대에는 이력서 쓰기를 가장 싫어했다. 50대인 지금도 이력서에 쓸 게 별로 없다. 운전도 못하고 자전거도 못 탄다. 수영도 못하고 말싸움도 못한다. 특기도 취미도 없다. 그저 책을 좋아하고 글쓰기를 좋아하는 게 전부다. 그러나 별 애로사항 없이 30년째 번역을 하며 살고 있다.

어느 책에 실을 자기소개를 보내달라고 해서 이렇게 썼다. 출판사에서 예시로 보내준 것은 장기하의 『상관없는 거 아닌가?』에 실린 자기소개였다.

스물한 살 이후로 음악 외엔 하고 싶은 게 별로 없었다.

록밴드 '장기하와 얼굴들'을 십 년 동안 이끈 후 마무리
했다. 솔로 싱어송라이터로서의 새 출발을 준비하고 있
다. 자연스러움에 대한 집착이 부자연스러울 만큼 크다.
남에게 폐를 끼치지 않는 선에서 마음껏 자유롭게 살고
싶다. 행복 앞에 뾰족한 수가 없다는 점에서는 모두가
별다를 바 없다고 생각한다. 뾰족한 수는 없지만 나름대
로 괜찮은 하루하루를 보내고 있다.[*]

오, 자기소개 신박하다. '1966년생. 일본 문학 전문 번역
가'로 시작하는 자기소개 지겨웠는데, 이렇게 써도 괜찮
구나. 마침 배송 온 산문집『내일은 내일의 출근이 올 거
야』의 자기소개도 읽어보았다.

동경했던 드라마 기획을 때려치우고 작은 홍보회사에
다니며 끈질기게 버텼다. 그렇게 맞이한 직장인 10년 차,
그러나 내 삶에는 늘 뿌연 안개가 끼어 있었다. 왜 이렇
게 맑은 날이 없는지. 어느덧 이 흐린 시야도 익숙해져
서 안개라는 이름을 달고 신나게 글을 쓴다. 실패가 익
숙하지만 도전을 좋아하고 우유부단하지만 어딘가 맹랑

* 『상관없는 거 아닌가?』(문학동네. 2020년)

한 구석도 있다.**

작가의 필명은 '안개'였다.

오호, 요즘 자기소개의 트렌드는 이런 것인가. 몇 년도에 어디서 태어나고 어느 학교 나오고 대표 작품 줄줄이 늘어놓는 진부한 자기소개는 이제 안녕인가. 그럼 어디 나도 한번, 하고 지금까지와는 다른 자기소개를 써본 것이다. 좋은 걸. 정하한테 자랑해야지, 하고 카톡으로 보냈다. 그랬더니 '너무 겸손하고 너무 부정적'이라고 퇴짜를 놓았다. 나처럼 이력서에 쓸 것 없는 사람들이 "야나두"하고 희망을 가질 수 있는 훌륭한 자기소개라고 생각했는데 5초 만에 까이다니. 슬프지만, 20대 감성에 맞지 않았나 보다. "좋아, 다시 쓸게" 하고 다시 썼다.

10대에는 문학소녀였다. 20대 중반에 번역을 시작했다. 30대 후반에 번역계에 자리를 잡았다. 40대 중반에 번역 이야기를 쓴 산문집 『번역에 살고 죽고』를 발표했다. 50대 중반에 싱글맘으로 먹고살며 느낀 이야기를 쓴 산문집 『귀찮지만 행복해 볼까』를 발표했다. 앞으로의 계

** 『내일은 내일의 출근이 올 거야』(올라, 2020년)

획은 80대까지 꾸준히 번역하고 글을 쓰는 것이다.

그러나 이번에는 정하에게 보여주지 않았다. 세상에서 가장 쓰기 싫은 글인 자기소개를 세 번씩 쓰게 되는 불상사가 생길까 봐. 어차피 독자들은 스윽 훑어보고 마니까 이 정도여도 괜찮을 거야, 합리화하며 편집자에게 보냈다. 나 자신을 마주하는 일은 어떤 형태로든 민망하고 열없다. 편집자가 "책 날개에 쓸 작가 소개는 인터넷 서점에 올라와 있는 대로 쓰면 되나요?" 하고 인터넷 서점의 작가 소개를 복붙해서 보냈는데, 읽지도 않고 "네"라고 했다.

『마감일기』
이야기

메일이 한 통 왔다. 어느 프리랜서에게나 세상에서 가장 반가운 메일은 작업 의뢰 메일일 것이다. 일이 밀려서 수락할 수 없는 상황이어도 그런 메일은 반갑다. 이 메일도 반갑긴 무척 반가웠지만, 메일을 다 읽기도 전에 머릿속으로 NO, NO, NO 하고 답장을 쓰고 있었다. 왜냐하면 이런 작업 의뢰였기 때문이다.

다름이 아니라, 저희가 지금 『마감일기』라는 마감을 주제로 에세이 앤솔러지를 준비하고 있답니다. (…) 일본 문학을 대표하는 번역가이신 만큼, 스케줄이 늘 빡빡하신 걸로 알고 있어요. 맡게 되는 작품마다 번역의 속도가 달라지기도 하고, 딸을 키우시면서 일을 병행하는 등

프리랜서 번역가의 마감에 관해서 들려주실 이야기가 많으실 것 같아요. 무엇보다『마감일기』의 기획자이자 편집자인 제가 권남희 선생님의 마감 이야기가 너무 듣고 싶어서, 원고를 청탁드립니다.

평소 같으면 "오, 재미있겠네" 하고 수락했을 터지만, 이때는『귀찮지만 행복해 볼까』마감으로 헉헉거리고 있을 때였다. 한동안 에세이는 쓰지 않을 거라고 치를 떨고 있었다. 그래서 정중한 의뢰 메일에 정중하게 답장을 썼다. 아무리 정중하게 써도 거절하는 메일은 기분 나쁘겠지만, 그래도 상황을 잘 설명했다. 한 줄 요약을 하자면, '패 죽여도 못 써요'였지만.

처음부터 쓰지 않을 생각이어서 제대로 메일을 읽지 않았는데, 답장을 보내고 찬찬히 읽어보니 거의 1년 뒤에 나올 책으로 마감이 8개월 뒤다. 분량도 원고지 60~70매. 쓴다고 할까, 아니야, 이미 보낸 메일, 상황 종료지.

……라고 생각했는데, 다음 날 편집자에게 "연말에 질척거려서 죄송하지만 재고해줄 수 없을까요" 하는 메일이 왔다. 그리고 그다음 글에 마음이 호로록 녹았다.

퇴근하고『번역에 살고 죽고』를 다시 읽어봤어요.

아주 오랜만에 다시 읽었는데, 다시 읽어도 너무 재밌었어요! 그리고 아스라한 기억이 떠올랐어요. 저도 고등학생 때 선생님께 메일을 보낸 적이 있거든요.

번역가가 되고 싶어요! 라고.

오, 세상에. 번역가가 되고 싶다고 메일 보낸 청소년 중 한 명이 좋은 출판사의 편집자가 되어서 청탁을 하다니! 대견하고 기쁘다. 당연히 재고하고말고요. 그래서 바로 "콜!" 하고 답장을 보냈다.

『마감일기』는 강이슬, 권여선, 김민철, 김세희, 이숙명, 이영미, 임진아 작가님이 함께 한 앤솔러지다. 분량도 얼마 되지 않아서 열흘이면 다 쓰겠지, 했는데 그렇게 가볍게 생각하고 미루다가 8개월이 지나고 말았다. 그사이 담당 편집자도 바뀌었다. 방학 전전날 한 달 밀린 일기를 쓸 때처럼 막막한 마음으로 제목 쓰고 한숨, 두어 줄 쓰고 한숨. 몇백 번의 마감을 했으면서 조급함 탓인지 마감에 관해 쓸 거리가 생각나지 않는다. 난 아무 글이나 소재를 던져주면 일필휘지로 써 내려갈 줄 알았는데, 너무나 친숙한 소재인 '마감' 앞에서 쩔쩔매다니. 멀찍이 서서 마감을 바라보며 여유 있게 썼으면 좋을 텐데, 촉박한 시간에 너

165

무 바짝 붙어서 글을 쓴 것 같다. 아쉬움이 큰 결과물이었다. 좀 더 경쾌하게 썼더라면 좋았을걸. 책이 나온 뒤, 주위 사람들은 "역시 네 글이 제일 좋네"라고 했다. 하지만 제삼자인 독자들의 서평에는 내 글이 좋다는 사람이 별로 없는 걸로 보아 '망'인 걸로. 공동 작가분들과 한잔하는 자리를 모두 기대했으나 코로나로 인해 물 건너가고, 이 책에 관해 유일하게 좋은 기억은 명절에 보내주신 출판사 선물. 먹는 게 남는 거죠.

얼마 전에 『마감일기』를 청탁했던 편집자가 이런 메일을 보냈다.

제가 일본 소설계의 끗발 있는 편집자가 되어 선생님과 밀리언셀러 인세 계약을 하는 날이 오길!

아, 그렇다. 이 편집자를 만난 것이 가장 기분 좋은 선물이었다.

4

수고했어,
너도 나도

하고 싶지 않은 것은
하지 않게 된 나이

어느 때부터인가 하고 싶지 않은 것은 하지 않게 되었다. 만나고 싶지 않은 사람은 만나지 않고, 번역하고 싶지 않은 책은 정중히 거절한다. 인간은 사회적 동물이니 더불어 사는 세상이니 하는 말에서 자유로워지자, 지구의 무게가 훨씬 가벼워졌다. 나이를 먹어서 뻔뻔해진 것인지 해탈한 것인지 모르겠다. 어쨌든 최소한 사람의 도리를 하고 최대한 남에게 피해를 끼치지 않는 한도 내에서 세상을 왕따시키며 살고 있다. 물론 외롭다. 외롭지만, 편하다. 편하지만, 찜찜하다. 이렇게 살아도 되는 걸까? 잠자리에 들며 혼자 반문하지만, 다음 날 해가 뜨면 또 찜찜하지만 편한 외로움을 선택하고 있다. 아, 이렇게 고집스러운 독거노인이 돼가는 건가.

집순이의 친구

종기처럼 우울증이 돋기 시작했다. 내게는 영영 오지 않을 것만 같던 나이 마흔이 되던 해였다. 그 후 아예 자리를 잡은 종기는 비가 오면 도지는 노인들의 신경통처럼 날씨를 핑계 삼아 덧나곤 했다.

내가 번역한 책의 역자 후기에 이런 글이 있었다. 한번 쓴 글은 그 뒤로 읽질 못하니 10여 년 전에 쓴 글이 기억에 있을 리 없다. 내가 마흔에 저랬구나. 가소롭다. 쉰이 되는 해의 우울증은 종기가 아니라 두드러기처럼 번지는데. 예순이 되어 쉰의 나를 돌아보면 또 이렇게 가소로울까. 나이 앞 자리가 바뀔 때마다 우울함의 도수가 높아지는 것 같다. 하지만 "우울하네, 사는 게 그렇지, 뭐" 하고 해탈 도

수도 높아지니 결국은 쌤쌤이다. 쉰이 넘은 뒤로 어깨 힘 빼고 적당히 열심히 살고 있다. 마감 때문에 스트레스 받지도 않고, 일하기 싫을 때는 널브러져서 데굴거리고.

이국종 교수님이 "나는 항상 우울하다. 그래도 그냥 버틴다"라고 하는 말을 듣고, 나도 그랬지, 하고 끄덕거린 이 여유.

블로그
낙서장

중학교 때, 시험 치고 남는 시간이면 시험지 여백에 시를 빙자한 낙서를 즐겼다. 한 줄도 기억나지 않지만, 한참 정신적 멋을 부리던 시절이었으니 지금 같으면 돈 줘도 못 쓸 오글거리는 글이었을 게 분명하다.

하루는 시험 감독으로 들어오신 선생님이 지나가다 그걸 보고 아이들에게 읽어주셨다. 학교 다닐 땐 선생님이 이름만 불러주어도 기쁜데, 내 하찮은 낙서에 관심을 가지고 읽어주기까지 하니 우쭐해졌다. 그 뒤로도 시험이 끝나면 여전히 시험지 모퉁이에 낙서를 했고, 선생님들은 관심을 갖고 보셨다. 이제 혼자만의 낙서가 아니라 독자를 의식하는 낙서가 돼버렸다. 글씨도 더 잘 쓰고 내용도 더 신경 쓰고……. 그런 것도 낙서라고 할 수 있을까.

말하자면 네이버 블로그가 그렇다. 시험 다 치고 남은 시간에 시험지 여백에 낙서하듯, 일하다 잠시 들어와서 긁적인다. 그러나 이걸 읽으러 오는 사람들이 많다는 걸 알면서 하는 낙서도 낙서일까……. 이를테면 다음과 같은 낙서들.

실망

트위터에서 5년 이상 팔로우 하다 보면 이 사람 변했네 싶어서 걱정되는 사람이 있는가 하면, 이 사람 하나도 안 변했네 싶어서 걱정되는 사람도 있다.

-어느 트윗에서

정말 그렇다.
변한 사람을 봐도 실망이고,
변하지 않는 사람을 봐도 실망이다.

장래 희망이 생겼다

세상은 휙휙 달라져가고 사람들의 사고방식도 달라져간다. 바로바로 습득하고 따라가지 못하면 꼰대 취급받는다. 우리는 우리의 가치관대로 생각을 말했을 뿐인데 꼰대라고 후려친다. 나는 원래 장수를 꿈꾸는 사람이 아니었지만, 무슨 말만 하면 옳고 그름을 판단하기 전에 꼰대라고 몰아붙이는 젊은 사람들, 그들이 꼰대 소리 듣는 것 볼 때까지 살고 싶어졌다. 그때 돼서 "쌤통이다! 요 꼰대들아!" 이래보고 싶다. 아, 쪼잔한 장래 희망.

대나무숲

역자분을 타겟으로 하는 말은 아니고, 언젠가 번역을 할 바에야 서빙을 하는 게 낫겠다고 생각한 적이 있다.

－출판사 옆 대나무숲_메아리(봇)에서

번역을 하는 사람의 의견: 정답입니다. 아, 오답입니다. 아니, 정답입니다. 어, 그래도 오답입니다. 아, 정답인가…… . 그러나 서빙은 나이 들면 시켜주지 않지만, 번역은 나이 들어도 시켜준다는 큰 장점이 있지요. 이 나이에 누가 나를 서빙시켜주겠어요.

사장님

담당자가 자주 바뀌는 출판사에서 전화가 왔는데, 또 처음 듣는 이름이었다. 그래서 어디어디의 아무개입니다 하는데, 나의 첫마디.

"담당자가 또 바뀌었어요???"

그랬는데 알고 보니 사장님이었다.

죽여주십시오.

취준생 정하

친구들 만나러 나가는 취준생 정하에게
"가서 신세 한탄하지 말고 술 마시고 울지 말고."
그랬더니, 피식하며 이렇게 말했다.
"내가 개그 담당이야. 춤도 춰주고."

오늘도 괜한 걱정을 했습니다…….

난감

『귀찮지만 행복해 볼까』의 반응이 좋아서 기쁘긴 하나 마음에 걸리는 게 있다. 보도 자료에 "믿고 읽는 번역가"라는 등의 과한 수식어들. 번역을 오래 하긴 했지만, 그렇게 믿고 읽을 번역가는 아니어서 민망하고 또 민망하다. 애써 보도 자료를 피해다니지만, 그래도 지나치다 몇 글자씩 보일 때면 으윽 하고 총 맞은 얼굴이 된다. 원래 물건 파는 사람들이 뻥을 많이 치죠. 홈쇼핑 쇼호스트들처럼. "우리 사과 알고 보면 요기 썩었어요" 하고 파는 사과장수는 없잖아요. 장삿속이려니, 감자칩 봉지의 질소려니, 명절 선물의 과대 포장이려니 하고 사뿐히 무시해주세요. 진실은 아닙니다.

시, 시, 시 자로
시작하는 말

책을 읽고, 책을 번역하는 게 직업이다. 동종 업계의 다른 분들은 어떤지 모르겠지만, 나는 거의 연중무휴였다. 볼일이 있어서 나갔다가 늦게 들어와도 바로 노트북을 펴고 앉았다. 마감에 쫓겨서도 아니고, 생활비를 벌어야지 하는 압박감에서도 아니었다. 긴 세월 하다 보니 그냥 그게 직업인 동시에 취미 생활로 굳어졌다. "공부가 제일 쉬웠어요"라는 말만큼이나 재수 없을지도 모르겠지만, 번역할 때가 제일 행복하다.

그러나 그렇게 행복한 일도 일정 분량 하고 나면 뇌가 포화 상태가 되어 패 죽여도 못 할 것 같은 때가 있다. 일본어만 봐도 구토가 난다. 잠도 안 오고, 시간은 남아도는데. 이럴 때를 대비해서 노트북 옆에 우리말 책 두세 권을 챙겨둔다. 그 책은 일단 심각하거나 무겁지 않아야 하고, 가볍거나 유치하지 않아야 한다. 책 때문에 포화 상태가 된 머리로 무거운 책을 읽는 것은 말이 안 되고, 그렇다고 소중한 시간에 킬링타임용 책을 읽을 수는 없는 것. 그렇게 옆에 두고 틈날 때마다 한 편, 두 편 아껴가며 읽는 책 중 한 권이 『시옷의 세계』다. 이 책은 '시옷'으로 시작하는 말을 제목으로 한 34편의 산문집이다. 시집간 여자들은 '시옷'자 들어간 말을 싫어해서 시금치도 안 먹는다는데, 저자인 김소연 시인은 왜 시옷으로 제목을 모았을까? 하긴 디귿의 세계, 피읖의 세계라고 하면 좀 멋이 없긴 하네. 아무래도 시인이니 시적인 자음을 골랐겠지 생각하며 책장을 넘겼을 때, 오오, 거기에는 생각지 못했던 '시옷 월드'가 펼쳐졌다.

사귐, 사라짐, 살아온 날들, 새기다, 생일, 선물이 되는 사람, 소심+서투름, 소풍, 손짓들, 수집하다, 숭배하다, 스무 살에게…….

보통 '시옷'을 생각하면 나는 본능적으로 시댁, 시어머니, 시아버지, 시누, 시동생, 이런 단어가 떠오르고 끝인데, 『시옷의 세계』에는 전혀 다른 '시옷'이 들어간 말로 때로는 말캉하고, 때로는 짠하고, 때로는 설레고, 때로는 숙연해지는 작가의 이야기를 들려주고 있다. 아, 이거 참 멋진 아이디어구나, 감탄했다. 사실 번역하는 시간에 비해 책을 읽는 시간이 한참 부족하다. 번역을 잘하려면 우리말도 잘해야 한다는 것은 누구나 알지만, 바쁘다는 핑계로 우리말 공부가 소홀한 것이 동종 업계 사람들의 현실. 종종 마감이 코앞인데 굳이 작업과 관련 없는 책을 꺼내 뒹굴거리며 읽는 것은 출판사에 반항하는 게 아니라 방전된 머릿속을 충전하기 위해서다. 그런 의미에서 『시옷의 세계』는 아주 양질의 우리말 충전용 배터리다. "꼬물꼬물 기어가는 벌레의 꽁무니에는 꼬불꼬불한 오솔길이 생겨났다" "벌레는 홀연히 나뭇가지를 버리고 표표히 등을 돌려 총총히 사라졌다"처럼 다채로운 의성어와 의태어, 아름다운 우리말이 가득한 시인의 산문, 이보다 더 좋은 배터리가 있을까.

2등이 편하다

나는 주류보다 비주류가, 인싸보다 아싸가, 메이저보다 마이너가, 강남보다 강북이 편하다. 사람은 편한 게 장땡이다. 뱁새가 황새 따라가려다 어쩌고 하는 속담도 있지만, 애초에 나는 나보다 잘난 사람을 따라가려고 애를 써본 적이 없다. 굳이 왜? 의식의 흐름이 뜬금없지만, 이 글을 쓰다 문득 '근데 뱁새는 어떻게 생겨먹은 새지?' 싶어서 검색을 해보았다. 길이 13센티미터의 아주 작은 새다. 이렇게 작은 새인지 몰랐네. 황새의 키도 찾아보았더니 100~115센티미터다. 음, 열 배는 차이가 난다. 아마 뱁새도 나처럼 황새를 쫓아갈 마음을 먹은 적은 없지 않을까. 황새가 날아가든가 말든가 관심도 없지 않을까. 물론 날아가는 황새를 보며 "우와, 대박" 하고 감탄하긴 하겠지. 황새가 우아하게 날갯짓 한 번 할 때 뱁새는 같은 거리를 꽁지 빠지게 날아야 할 테니. 그렇지만 뱁새는 숏한 자기 몸이 열심히 스트레칭한다고 다리가 길어질 일도 없고, 필라테스 다닌다고 날개가 폼 날 것도 아니라는 걸 알고 있을 거다. 그래서 다 내려놓고 "작고 귀여운 내가 너무 좋아" 하고 긍정적인 조류 생활을 즐기고 있지 않을까. 황새의 무리 속에서 날지 않는 한, 뱁새는 자기 다리가 긴지 짧은지 날개가 큰지 작은지 의식하지 못한다.

애써 주류에 끼려고 애쓰지 않고, 고만고만한 주변 환경에 만족하며 사는 비주류의 행복. 인싸들 설칠 때 산은 산이요, 물은 셀프지, 하고 혼자 노는 아싸의 여유. 행복 회로는 돌리기 나름이죠.

에쉬레 버터

야후 재팬에서 어떤 살인 사건의 범인에게 사형 선고가 내려졌다는 기사를 우연히 보았다. 야후 재팬에 들어가도 범죄 뉴스는 보지 않는데 그날따라 이상하게 시선이 가서 읽게 됐다. 2009년, '수도권 연속 의문사 사건'으로 일본 매스컴에서 떠들썩했던 살인사건이었다. 이른바 꽃뱀 살인사건이라고 불린 이 사건의 범인은 기지마 가나에라는 30대 여성으로, 정해진 주거가 없고 무직이었다. 그는 결혼을 미끼로 만난 남자들에게 10억 원 넘는 돈을 갈취하고, 그중 세 명은 자살처럼 위장하여 교묘히 살해했다. 화장기 없는 얼굴, 풀어진 파마머리, 평범한 옷차림, 100kg 넘는 그의 사진이 신문마다 대문짝만하게 나오자, 일본 사람들은 크게 놀랐다. 일반적으로 생각하는 '꽃뱀'의 이

미지는 아니었던 것이다. 피해 남성들은 이 사람이 사기를 친다는 의심을 조금도 하지 않았다고 한다. 목소리가 예쁘고 말씨에 기품이 있고 요리를 잘하는 게 큰 매력이었다고 살아 있는 피해자들은 입을 모았다.

기지마 가나에는 2017년에 사형 선고를 받고 현재 옥중 생활을 하고 있다. 놀라운 사실은 옥중에서 결혼을 세 번이나 했다는 것이다. 세 번째인 현재 남편은 〈슈칸신초(週刊新潮)〉의 편집자다. 인터뷰를 하다 사랑에 빠졌다고 한다. 부부가 된다 해도 그저 칸막이 너머로 면회하고 편지 나누는 것밖에 가능하지 않다. 그럼에도 사형수와 결혼하는 것은 그만큼 사랑하기 때문일까. 본인들이 얘기하지 않는 한 남녀 관계는 추측이 무용하므로 넘어가자. 재미있는 사실은 그런 기지마 가나에를 모델로 한 『버터』라는 소설이 나와서 당당히 아마존에서 1위를 차지했다는 것이다. 그리고 그 책을 내가 번역하게 되었다. 운명처럼.

살인사건을 소재로 한 소설 제목이 어째서 『버터』일까 의아했다. 그러나 읽고 나니 『버터』 이외의 다른 제목은 상상할 수 없었다. 기지마 가나에가 미식가이고 요리를 좋아하고 상류사회를 동경하는 점에 포커스를 맞추어서 요리 소설인가 싶을 정도로 음식 이야기가 많이 나온다.

작가 유즈키 아사코는 소설『매일 아침 지하철에서 모르는 여자가 말을 건다』에서도 그렇지만, 음식으로 마음을 치유하는 글을 잘 쓴다. 주인공은 주간지 기자인 비혼 여성이다. 기지마 가나에를 모델로 한 가지이 마나코를 인터뷰하러 갔다가 그의 매력에 푹 빠진다. 가지이 마나코는 첫 면회에서 인터뷰를 조건으로 미션을 준다. 마루노우치의 에쉬레에서 에쉬레 버터를 산 다음, 갓 지은 밥에 냉장고에서 막 꺼낸 버터를 올리고 간장을 조금 넣어 먹어보라고. 마루노우치의 에쉬레는 에쉬레 버터를 비롯해서 에쉬레 버터로 만든 빵, 쿠키, 케이크 등을 파는 유명한 가게다.

나는 평소 빵을 즐겨 먹지도 않고 먹는 편도 아니고, 제대로 된 요리도 하지 않아서 버터를 사는 일이 별로 없다. 어쩌다 필요해서 사러 가도 진열 선반에서 제일 싼 것을 찾는다. 그마저 마가린으로 대체할 때도 있다. 그런데『버터』를 번역하며 버터에 대한 나의 무지함을 깨달았다. 버터는 무조건 고급을 먹어야 한다는 주인공의 주장에 설득됐다. 그의 버터론에 묘하게 끌려서 한 번도 사보지 않은 고급 버터를 사고 싶어졌다. 산다 해도 그 버터는 냉동실에서 유통기한을 잊고 살아가게 될 테지만. 마스다 미리의 산문집에도 고급스러움의 상징처럼 마루노우치의 에쉬레 얘기가 나온다. 오호라, 에쉬레. 번역 끝나면 꼭 가봐야지, 생각했다.

500쪽 가까운 두꺼운 책의 번역을 마치자마자 마침 교환학생으로 가 있는 정하도 만날 겸 도쿄로 날아갔다. 정하와 이렇게 오래 떨어져서 산 건 처음이다. 눈물의 모녀 상봉이었다(물론 나만 울었다). 정하는 못 본 사이에 많이 어른스러워졌다. 아르바이트를 하며 생활비도 자급자족하고 있고, 이미 맛집 리스트도 쫙 뽑아서 초밥집, 국숫집, 술집, 척척 알아서 데려가주었다. 이것도 현지인이라고 졸졸 따라다니기만 하니 어찌나 편하던지. 정하가 중, 고등학생 때 일본 여행 오면, 여행지에 관해 검색 하나 하지 않고 아무 생각 없이 따라다니기만 해서 소극적인 태도에 짜증 날 때가 있었다. 그런데 이번에는 내가 그렇게 다녔다. 믿을 구석이 있으니 굳이 머리를 쓰지 않아도 됐던 것이다. 역시 사람은 입장이 바뀌어봐야 이해를 한다.

도쿄에 간 다음날, 드디어 정하와 마루노우치의 에쉬레에 갔다. 에쉬레는 도쿄 역에서 가깝지만, 우리는 긴자 역에서 내려서 이토야나 로프트에서 문구류 쇼핑도 하고 길거리 구경도 하며 에쉬레까지 걸어갔다. 에쉬레는 그 명성대로 버터도 맛있고, 그 버터를 넣어 만든 스위츠 종류도 맛있었다. 오픈 한두 시간 전에 가서 줄을 서지 않으면 진짜로 맛있는 것은 먹지 못한다. 그런 걸 모르고 오후에 슬슬 간 우리는 거의 비어 있는 진열장에 남은 휘낭시에와 마들렌 정도를 먹었지만, 그래도 엄청 맛있었다. 무엇보다 가게가 있는 브릭스퀘어 주변 풍경이 너무도 평화롭고 아름다웠다. 화사한 봄날에 긴자 역에서 브릭스퀘어 광장의 에쉬레까지 걸어가서 스위츠를 사 먹은 기억이 얼마나, 얼마나 좋았던지. 정하랑 "우리 살다가 언제 제일 행복했더라?" 하는 얘기를 나눌 때면 둘 다 가장 행복했던 기억으로 뽑는 것이 그날이다. 어느 날, 야후 재팬에서 우연히 본 살인범의 기사가 모녀의 최고로 행복한 날로 이어지는 드라마가 되다니. 삶은 그래서 모든 순간이 복선일지도 모른다.

그때 그 남학생은

예닐곱 살에 한글을 깨친 뒤로 활자에 빠진 나는 주로 옆집인 만화방에서 만화책을 읽었다. 학교에 들어가기 전이라 아직 세상에 그림책, 동화책이란 게 존재한다는 사실을 몰랐다. 부모님이 교육에 관심이 없어서 우리 집에 책이라곤 언니와 오빠의 교과서뿐이었다.

그렇게 만화책만 읽던 내가 태어나서 처음으로 어떤 글을 보고(정확하게는 듣고) 감동받은 것은 초등학교에 들어가서였다. 애국 조회 시간에 교내 글짓기 대회에서 1등 한 5학년 남학생이 단상에 올라가서 수상작을 읽는데, 여덟 살 어린 마음에 그 글이 그렇게도 감동이었다. 그 남학생은 보육원에 살았다. 보육원은 우리 집에서 가까워서 내가 그 앞을 지나다닐 때도 많았다. 높고 큰 철문이 있는 곳이었다. 그곳은 부모님이 없는 아이들이 사는 집이란 걸 취학 전에도 알고 있었다.

1등 한 남학생이 쓴 글은 이렇게 시작했다.

골목 안에 우뚝 서 있는 양옥집 한 채, 저 집이 우리 집이라면.

그 첫 문장을 들었을 때의 느낌은 따따따단~ 하는 베토벤의 〈운명〉 첫 소절을 처음 들었을 때의 그것과 같았다. 높고 큰 철문 안에 사는 소년이 골목을 걸어가다 양옥집을 올려다보고 있는 모습이 떠올라 울컥했다. 글 내용은 기억나지 않는다. 오로지 그 첫 문장과, 첫 문장을 들었을 때의 감동만 가슴에 박제되어 있다. 그리고 글짓기라는 게 뭐지? 글짓기 대회는 뭐지? 나도 글짓기해서 저렇게 상 받을래, 이런 생각을 했던 기억이 난다. 그렇게 내게 와서 꽂힌 '글짓기'라는 단어가 지금 이런 일을 하게 만들었는지도 모르겠다.

보육원 남학생이 단상에서 수상작을 읽을 때만 해도 우리 집은 보육원에서도 보이는 큰 건물이었지만, 이듬해 폭삭 망해서 고아만 아닐 뿐 나도 그 남학생과 다를 바 없는 가난한 생활을 하게 됐다. 그런 나에게 글짓기는 유일

한 오락이고 자존심이고 구원이었다. 그 남학생에게도 글
짓기란 그런 게 아니었을까.

　어른이 되어 멋도 뭣도 없이 지어서 성냥갑처럼 높이
쌓은 아파트들을 볼 때마다 저기 내 집 한 칸 있다면, 하
는 생각과 함께 여덟 살 어린 마음으로 들었던 그 첫 문장
이 떠올랐다. 나보다 네 살 많았던 그 남학생은 이제 집이
생겼을까. 부디 지금쯤은 좋은 집에서 행복하게 살고 있
었으면 좋겠다. 전교생 5000명 가까운 학생 중에 1등 한
실력이라면 그 후로도 수많은 글짓기 상을 탔을 테니. 본
인은 그 글을 기억하지 못할지도 모르지만, 조회대 앞에
조그맣게 앉아 있던 1학년이 몇십 년째 당신이 그때 그 양
옥집보다 좋은 집에서 살고 있기를 기도하고 있습니다.

낙천적이고
긍정적인 아이

중학교 때 서울에서 자취를 하다가 부모님 계신 지방으로 전학을 갔다. 치마였던 서울 교복과 달리 이곳은 바지 교복이었다. 엄마는 졸업할 때까지 입으라고 상의는 오버핏으로, 바지는 힙합바지처럼 헐렁하게 맞춰주었다. 서울에서 전학생이 왔다고 구경하러 몰려든 다른 반 아이들이 "서울 아 교복 봐라. 포대 자루 입었네" 하고 깔깔거렸다. 교복은 졸업할 때까지 포대 자루 같았다. 딸이 계속 쑥쑥 클 줄 알았던 모양이지만, 불행히도 나의 키는 그 뒤로 자라지 않았고 몸무게는 쭉쭉 빠져서 더 헐렁한 포대 자루가 됐다.

나의 관심사는 언제나 글과 책이어서 전학 간 날 점심시간에 교실 뒤에 붙여놓은 아이들의 글짓기를 읽었다.

그중 한 명의 글이 눈에 들어왔다. 읽자마자 얘는 내 라이벌이구나, 하고 생각했다. 실제로 그 아이 P는 졸업할 때까지 글짓기 대회에서 항상 나보다 좋은 상을 받았다. 대학교도 국문과로 가서 국어 교사가 됐다. 전학 가서 제일 처음 친해진 아이도 그 아이였다. 나중에 C라는 친구도 합세하여 중학교 시절 내내 글짓기 삼총사로 친하게 지냈다. 안타깝게도 이메일도 휴대폰도 없던 시절이라 각자 다른 고등학교를 가고 다른 지역으로 대학을 가며 세 사람은 흐지부지 연락이 끊겼지만.

그러다 정하가 네댓 살쯤 됐을 때 두 친구와 다시 연락이 됐다. 한 편의 드라마처럼. P가 지방에서 국어 교사 생활을 하다 청산하고, 독일 여행을 가려고 비행기를 탔는데 기내에 환자가 발생해서 이륙이 늦어졌다고 한다. 그래서 항공사 지상 근무 직원이 기내로 올라왔는데, 그게 바로 C였다. P와 C는 서로 알아보고 짧은 시간에 연락처를 교환했다고 한다. 한국으로 돌아온 P는 서점에 갔다가 우연히 내가 번역한 소설 『러브레터』를 발견하고 출판사에 연락처를 물어서 내게 전화. 이렇게 해서 지방 중학교 글짓기 삼총사는 어른이 되어 강남 어느 카페에서 모이게 됐다. 그러나 중학교 때까지의 추억밖에 없는 세 사람이 몇십 년 훌쩍 건너뛴 미래에서 다시 친하게 지내기에는 각자 하는 일도 활동 지역도 너무 달랐다. 그나마 P와는 아직도 가끔씩 생존 보고 정도의 메일을 주고받고 있다.

P가 언젠가 보낸 메일에 이런 글이 있었다.

난 마치 물에 빠질 듯이 허우적대면서 힘들게 글을 썼지. 넌 마치 물 위를 걷듯이 사뿐사뿐 가볍게 글을 쓰는 것 같아. 넌 언제나 생글생글 웃는 얼굴에 낙천적이고 긍정적이었어.

늘 웃는 얼굴이었던 건 맞지만, 사춘기 때라 염세적이고 어두운 기운이 강했다고 생각했는데, 겉으로는 별로 표현하지 않고 지낸 모양이다. 낙천적이고 긍정적인 아이로 기억되고 있다니 뜻밖이었다. 이 말을 듣고 정하는 경악을 했다.

"헐, 말도 안 돼. 엄마 학교 다닐 때 완전 부정적인 생각에 쩔어 있었을 것 같은데 낙천적이고 긍정적이라니!"

아니, 이런 부정적인 인간이 있나. 역사의 산증인이 그렇다는데 그때는 흔적도 없던 미래의 인간이 왜 아니라고 우기는 거야.

카피라이터가
되고 싶었지만

어릴 때부터 일관되게 아동문학가나 소설가를 꿈꾸었지만, 대학생이 되고 나서 내 실력으론 어림 반 푼어치도 없다는 사실을 깨달았다. 책 읽기 좋아하고 글쓰기 좋아한다고 다 작가가 될 수 있는 건 아니다. 그런 문학소녀, 문학청년들은 전국에 새우젓만큼이나 많다. 나는 재능도 없을뿐더러 꿈을 이루고 말 거야! 하는 의지도 박약하고 꿈을 향해 뼈를 깎는 노력을 하는 스타일도 아니었다. 굳은 의지로 노력해서 꿈을 이루는 사람들은 난사람이다. 나는 평범한 사람이다.

그래서 현실로 눈을 돌린 내가 목표로 삼은 것은 카피라이터였다. 카피라이터라고 되기 쉬운 직업은 아니지만, 작가보다는 진입 장벽이 낮아 보였다. 이것은 좀 노력을 했다. 지하철, 신문, TV, 잡지 등등, 세상은 눈만 돌리면 광고이고, 광고에는 카피가 있다. 한 2년 동안 눈에 띄는 모든 카피를 노트에 적었다. 그러다 4학년 때 타 과에 '카피론'이라는 강의가 생겨서 하늘이 내게 카피라이터로 가는 길을 열어주는구나, 하고 냉큼 신청했다. 아마 4년 동안 모든 강의 통틀어서 가장 열심히 듣고 공부한 강의였을 것이다. 카피 쓰기 과제는 신나게 날아다니며 했다. 이보다 내게 최적인 일은 없다고 생각했다. 적성과 능력에 딱 맞았다. 중간고사, 기말고사 에이쁠인 건 말할 것도 없다. 기말고사 마지막 문제가 아는 카피 10개 쓰기였는데 남는 시간에 시험지 여백에다 생각나는 모든 카피를 다 썼다. 시간과 여백만 있다면 100개도 쓸 수 있었다. 첫 번째 카피는 카피라이터이기도 한 교수님(당시에는 카피론만 강의하러 온 강사였다)의 카피를 썼다. 초등학생도 아는 유명한 카피였다.

한 학기 동안 강의를 들으며 카피라이터를 향한 꿈은 본격적으로 불타올랐다. 천직을 만났다고 생각했다. 드디어 마지막 강의 시간. 강의를 마치고 교수님이 질문 있는 사람은 남아서 하라고 했다. 나는 친구와 같이 가서 카피라이터가 되고 싶은데 어떤 식으로 준비하면 되는지 물어보았다. 그랬더니 그는 이렇게 대답했다.

"여자가 시집이나 가지, 무슨 카피라이터야. 카피라이터 되기 어려워."

아니 ……이, 뭐, 병……. 한 학기 동안 대강의실에서 그 많은 여학생들 왜 가르친 거야? 시집가서 카피는 어디다 써먹으라고? "여자가 시집이나 가지"라는 소리를 자주 듣던 시대이긴 했지만, 가장 깨고 열려 있어야 할 카피라이터라는 사람이 자기 강의 열심히 들은 학생한테 그게 할 말인가. 부들부들. 분노는 에너지로 전환하기 좋은 힘. 거기서 더욱 분노하여 보란 듯이 훌륭한 카피라이터가 됐더라면 좋았을 테지만, 누차 말했듯이 나는 평범한 사람. 그 한마디에 2년 동안 풍선처럼 부풀어 올랐던 카피라이터 꿈은 펑 하고 사라졌다.

이 글을 쓰다 새삼 분노가 치밀어서 이름을 검색해보니 (30여 년 전 한 학기 배운 강사의 이름을 기억하긴 쉽지 않은 일. 그의 카피를 바탕으로 검색의 혼을 불태웠다) 인터넷에 인물 정보가 나와 있다. 그분, 지금은 여자가 카피라이터 하는 걸 어떻게 생각하는지 물어보고 싶다. 덕분에 번역을 하게 되어 감사합니다만.

사주를 믿으세요?

20대 중반, 백수 시절에 점을 보러 간 적이 있다. 미신을 종교처럼 믿는 엄마와 함께 간 곳은 인간문화재인 어느 무당의 법당이었다. 그분을 인터뷰한 적이 있는 친구가 추천해주어서 감히 보러 갈 엄두를 낸 것이다. 법당부터 으리으리했다. 그때까지 엄마 따라 다닌 빨간 깃발 하나 꽂아놓은 동네 점집과 차원이 달랐다. 나는 매스컴에서만 보던 분을 실제로 보는 게 신기해서 무조건 신심 작렬했지만, 그분이 누군지 모르는 엄마한테는 그냥 지금까지 보아온 점쟁이 중 1인에 지나지 않았다. 애초에 내가 가자고 해서 간 곳이어서 불신 가득한 상태였다. 아니나 다를까, 그분이 몇 마디 점괘를 내놓는데 벌써 엄마 표정이 심드렁해졌다.

나는 백수인 내가 무슨 일을 하면 좋을지 물어보았다.

구체적인 워딩은 기억나지 않지만, 그분은 "너는 나다니는 직업이 좋다. 기자를 하면 딱 안성맞춤이야"라고 했다. 좋은 미래도 나쁜 미래도 딱히 얘기하는 것도 없고 귀에 걸면 귀걸이식의 점사 몇 마디 하고 끝이었다. 이미 '나다니는 직업, 기자'에서 알 수 있듯이 그날 점은 꽝이었다. 엄마도 궁금한 걸 물어보았지만, 점사를 듣고 실망했는지 "하나도 못 맞히네" 하고 광화문에서 집인 부천까지 오는 길에 계속 투덜거렸다. 아직 맞는지 안 맞는지도 모르는 상황에 매사 부정적이라고 엄마를 나무랐다.

그러나 나다니는 걸 싫어하고, 부끄럼도 많이 타고, 전화 기피증이 있는 내게 기자는 시켜줘도 못 할 직업이긴 했다. 그곳에 다녀온 몇 달 뒤 나는 번역을 시작하게 됐고, 평생 나다니지 않는 직업을 갖게 됐다.

두 번째로 사주를 본 것은 서른여섯 살, 내 인생 최고의 시련이 찾아왔을 때다. 힘들어 하는 내게 지인이 유명한 사람들도 많이 찾는 용한 도사님인데 한번 가보라며 소개해주었다. 괴로운 결혼 생활의 미래를 알고 싶어서 일단 가보았다. 점잖은 '도사님'이 차분하게 사주를 풀어주는데 상당히 믿음이 갔다. 한 시간 동안 좋은 얘기만 해주어서 그렇게 믿고 싶었던 건지도 모른다. 세 식구 모두 끝내

주는 사주라고 했다. 이 도사가 이날 한 예언 두 가지 중 한 가지는 그럭저럭 맞고, 한 가지는 완전히 틀렸다. 이렇게 확률 50퍼센트의 예언이라면 누구라도 하겠다 싶지만.

그가 그럭저럭 맞힌 한 가지는 내가 내 직업에서 유명해진다는 것(이라고 내 입으로 말하긴 민망하지만). 그러나 그때 이미 번역가로 자리 잡았을 때라 별로 귀에 들어오진 않았다. 중요한 건 사주를 보러 간 목적이었던 결혼 생활 문제였다. 도사는 자신 있게 말했다. "내년 2월 13일 오전 10시부터 남편이 180도 달라져서 성인군자 같은 사람이 되어 있을 테니 그때까지 잘 참고 견뎌라" 하고. 무슨 자신감으로 날짜와 시간까지 지정해주었을까. 그 확신에 찬 말에 종일 바위를 올려놓은 것 같았던 마음이 가벼워진 나는 지갑에 있는 돈을 다 털어서 복채를 주었다. 그러나 성인군자가 되긴 개뿔…… 이듬해에 이혼했다.

이런 경험으로 사주에 관심을 끊을 만도 하건만, 여전히 관심이 많다. 많지만, 인터넷 무료 사주만 본다. 좋은 말은 맞는 말, 나쁜 말은 엉터리라고 생각하면서. 그런데 도사가 보는 사주보다 잘 맞다. 통계여서인지 성격의 장단점은 거울 보듯 정확하다. '좋고 싫음이 확실해서 싫어하는 사람하고는 말도 하지 않습니다'라는 문장을 보고 헉했다. 이것은 정하밖에 모르는 비밀인데. 사람들과 어울리지 않고 고립된 삶을 살며, 고집이 세고, 성질이 급하고, 자존심이 강하다, 상대방에게 불만이 있어도 오해를 풀거나 이해하려는 도량이 부족하다, 라고 무료 사주님은 나에 대한 총평을 했다. ……이야, 무료 사주님, 내 스토커인가 싶었다. 초년운에는 '책을 항시 곁에 두고 있고 운동은 좋아하지 않으며, 학교 생활에서도 친구들과의 대화보다 책 속에 빠져 지내는 시간이 많은 만큼 대인관계를 소홀히 한다'라고 나왔다. 이건 내 초등학교 동창이 아니고는 알 수 없는 사실인데 프로그램이 알고 있다니. 이런 생각을 하며 이 문장을 검색했더니 연예인들의 사주가 줄줄 뜨는 게 아닌가. 설리, 아이린, 공효진……. 으음, 무료 사주님은 동창이 아니라 그냥 통계 잘 내는 프로그램이었던 것이다. 이것은 3월생의 공통된 초년운이었다.

그럼에도 여전히 무료 사주에 관심이 많은 나. 한번은 조카가 기가 막히게 잘 맞는다며 사주앱에서 본 결과를 보내주었다. 정말로 잘 맞았다. 감동하여 얼른 무슨 앱인가 물어서 나도 보았다. 오, 내 인생 스토킹거리 또 생겼네. 너무 잘 맞아, 하고 정하 사주를 넣었더니 아까 그토록 감동했던 조카의 사주와 똑같이 나왔다. 두둥.

엄마의 기준

기준 1

어떤 사람을 나는 노인이라고 하고,

엄마는 아직 젊은 사람이라고 우겼다.

그야 엄마보다 젊으니 젊은 사람일 수도 있겠지만,

그 기준이……

"오빠보다 열두 살밖에 안 많은걸."

오빠 환갑 지난 지 5년째입니다만.

기준 2

"전화 온 사람한테 다시 전화하려면 뭘 눌러야 되노?"

하고 물어서 이렇게 이렇게 하라고 가르쳐주었다.

"확실히 너는 똑똑해서 잘 아네. 경로당에서 제일 젊은 사람한테 물었더니 모르더라고."

"경로당에서 젊어봐야 할머니겠지."

"여든 살밖에 안 먹었어."

기준 3

엄마랑 친한 동네 할머니가 허리 수술을 해서 병원에 한 달 넘게 있다가 퇴원했다. 그러나 혼자서는 생활이 불가능하여 아들 집으로 갔다. 과연 아들 집에서 잘 살 수 있을까 염려했는데 아니나 다를까, 며느리가 도우미 하나 붙여서 돌려보냈다……는 얘기를 엄마가 전화로 해주었다.

"그래, 그 할머니 거동하기도 불편하고 연세도 많으니 도우미가 있어야겠지."

그랬더니 엄마가 발끈했다.

"나이가 뭐가 많아, 나보다 한 살밖에 안 많은데."

어무이 여든일곱, 적은 나이는 아닙니다만.

힐타

"에어컨 빨리 갖고 와."

"추운데 에어컨은 왜?"

"끌고 댕기는 의자 말이래."

"아, 힐타."

"힐타는 뭔데?"

"끌고 댕기는 의자."

아버지가 요양병원 계시던 시절, 엄마와 아버지의 '휠체어'에 관한 대화였습니다.

책

어느 날 엄마한테 갔더니 책을 한 묶음 꺼내놓으면서 이렇게 말했다.

"누가 대문 앞에 깨끗한 책을 버려놔서 너 읽으라고 주워놨다. 갖고 가서 읽어라."

엄마가 내놓은 책은 『2015 PACIFIC KMLE 예상문제집』.

PACIFIC KMLE이 뭔지 몰라서 검색해보니 의사 국가고시였다.

어무이…….

사투리

정하는 한동안 경상도 사투리를 배우겠다고 걸핏하면

"밥 문노?" "우야노" "머라카노" 하면서 TV에서 서울 사람들이 경상도 사투리 연기할 때의 이상한 억양으로 근본 없는 사투리를 썼다. 진지하게 배우려는 게 아니라 나름 재롱부린다고 하는 짓 같아서 속으로는 귀여웠지만, "아, 진짜 서울 사람들 경상도 사투리 못 쓰게 법으로 정해야 돼. 억양 너무 듣기 싫어"라며 웃음 섞인 짜증을 냈다.

그러던 어느 날, 드디어 오리지널 경상도 사람인 할머니(우리 엄마)한테 가서 그동안 갈고닦은 경상도 사투리를 선보였다.

"할매, 내＼ 요새 사／투＼리 배워＼요."

그랬더니 엄마 왈,

"아, 전라도 사투리 배우나?"

정하의 취업

취준생일 때 정하가 물었다.

"엄마는 내가 어떤 회사에 갔으면 좋겠어?"

"연봉은 적더라도 맛있는 점심 주는 회사에 다녔으면 좋겠어."

"나는 점심은 안 줘도 연봉이 많은 회사에 갈 거야."

그랬는데 운 좋게 맛있는 점심도 공짜로 주고 연봉도 많이 주는 회사에 취업했다. 정하가 점심시간이면 보내주는 레스토랑 식사 같은 점심 사진을 볼 때마다 내 배가 부르다. 유일한 단점은 회사가 판교여서 멀다는 것이지만, 새벽에 일어나는 고충도 출근길의 고통도 멋진 회사 건물을 볼 때면 싹 잊힌다고 한다. 정하한테 늘 "너를 알아보고 뽑아준 회사는 사람을 볼 줄 아는 좋은 회사일 거야" 그랬는데, 정말로 정하를 뽑아준 회사는 좋은 정도가 아니라 꿈의 직장이었다. 게다가 직속 상사까지 인품이 훌륭하여 롤모델로 삼고 싶은 분이라고 한다. 생각지도 못한 옵션이었다. 연봉 많고, 맛있는 점심 나오는 데다 젠틀한 상사까지. 우리 정하 전생에 최소 군 단위 하나는 구한 모양이다.

작년에 합격 소식을 들었을 때, 정하의 첫 소감은 의외로 이런 말이었다.

"나 이제 취준생 친구들한테 맛있는 것도 많이 사주고 잘 챙겨줄래."

그래서 "아이구, 기특하네. 그래, 앞으로도 잘나가는 사람들한테 빌붙지 말고 부족한 사람 챙겨주는 사람이 됐으면 좋겠다"라고 간만에 사임당 같은 멘트를 해주었다. 우리 집에서는 책에 나오는 교훈 같은 소리는 서로 오글거려서 잘 하지 않는데, 너무 기쁜 나머지 랩처럼 나와버렸다. 정하도 기뻐서 제정신이 아니었는지 오글거리는 교훈에 "응, 응" 하고 깊이 수긍해주었다. 그리고 어느 날, 정하가 하는 이 한마디에 심장이 녹아내렸다.

"취업해서 인제 엄마 맛있는 것 많이 사줄 수 있어서 너무 좋아."

그러더니 정말로 한 번도 가보지 못한 고급 음식점을 검색해서 여기저기 데리고 가주었다. 내 폰의 배달앱에는 자기 카드를 저장해주고, 먹고 싶은 것 있으면 언제든지 시켜 먹으라고 한다. 평소에도 "나는 엄마가 잘 먹는 게 제일 좋아" 그러던 아이가 돈을 버니 이렇게 식(食) 효도를 하고 있다. 무자식 상팔자라고 생각했던 과거의 나를 반성합니다.

날마다 행복해하며 다니는 모습을 보니 이제야 내 마음에도 평화가 찾아오는 것 같다. 그리고 이제야 완전하게 '육아'가 끝났구나 하는 생각이 든다. 수고했다, 긴 시간. 너도 나도.

나무가 떠났다

　우리 나무는 감기 한 번 걸리지 않고 건강해서 기네스북
에 최장수 시추로 올라갈지도 모른다고 은근히 기대했다.
그런데 열두 살 때, 망막변성으로 갑자기 시력을 잃었다.
열네 살이 되던 해에는 간종양 선고를 받았다. 기네스북은
물 건너갔다. 조직 검사를 받고 온 날, 수의사 선생님이 이
제 뭐든 먹고 싶어 하는 것 다 먹이라고 했을 때, 너무 슬
펐다. 자주 생기는 피부병과 다이어트 때문에 평생 음식에
신경 써야 했던 나무에게 아무거나 먹여도 되는 날이 오다
니. 눈물 배를 타고 표류하듯 보낸 보름 뒤에 나온 조직 검
사의 결과는 뜻밖에도 양성이었다. 죽은 나무가 살아 돌아
온 기분이었다. 그러나 수의사 선생님은 여러 분들에게 자
문을 구한 결과, 악성이라고 했다. 나는 "선생님, 저희는 나

무가 양성이라고 생각하고 살래요"라고 했다.

그날부터 나무는 간종양 환자가 아니고 그냥 간에 혹이 생긴 아이였다. 산책도 매일 하고 노견에게 좋은 음식 먹이고 간 영양제와 처방약도 꼬박꼬박 먹였다. 우리 정성으로 종양이 커지는 걸 막기만 하면 나무는 오래 살 수 있다고 생각했다. 각종 포털 사이트와 야후 재팬에서 강아지 간종양 정보도 열심히 검색했다. 놀랍게도 도움이 되는 정보가 하나도 없었다. 간종양 말기에 곡기를 끊어서 피골이 상접하여 차마 볼 수 없는 견공 사진뿐이었다. 우리 나무도 이런 모습으로 떠나게 되는 걸까. 아냐, 나무는 양성이어서 괜찮을 거야. 그렇게 믿고 있었(지만 내심 두려웠)다.

나무의 간은 〈가족오락관〉 풍선처럼 조금씩 부풀었다. 하지만 식욕도 왕성하고 체중도 늘었다. 산책도 잘했다. 절대 간종양 환자가 아니다. 간종양 환자가 이렇게 건강할 수 있는가. 역시 양성 혹이다. 설령 악성이라도 이렇게 건강하니 올해는 떠나지 않을 거라고 마음을 놓았다.

간종양을 선고받은 지 5개월째, 나무의 열네 살 생일을 맞이했다. 여느 날처럼 평범하게 지냈으면 나무는 떠나지 않았을까. 마지막 생일이라고 너무 호들갑을 떨었다. 벽에 가랜드도 걸고 생일상도 예쁘게 차렸다. 준비하는 내

내 즐거운 느낌보다 싸한 느낌이 들었지만, 마지막 생일이어서 그렇겠지, 라고 생각했다. 나무가 올해는 가뿐히 넘기겠지만, 내년 생일까지는 무리일 터라. 정하는 마트에 가서 애견용 케이크와 나무가 좋아하는 수박 그림이 있는 순면 티셔츠를 선물로 사왔다. 티셔츠를 입히려고 했더니 나무가 죽어도 싫다고 몸부림을 쳐서 입히지 못했다. 이 티셔츠가 다음 날 수의가 되리라고 꿈에도 생각하지 못했지만, 나무는 알았던 것일까.

미역국도 잘 먹고, 생일 파티를 마칠 즈음 나무가 이물질을 삼켜버렸다. 놀라서 바로 병원으로 달려가 엑스레이를 찍었지만, 이물질은 보이지 않았다. 선생님이 위를 비우고 다음 날 다시 찍어보자고 해서 그냥 왔다. 다음 날, 나무가 태어나서 처음으로 음식을 거부했다. 다시 병원에 가서 엑스레이를 찍었으나 밤새 굶겼는데 위도 비워지지 않고, 이물질도 보이지 않았다. 몸도 힘이 없이 축 늘어졌다. 종합병원에 두 군데 더 가보았다. 수의사 선생님들은 원인은 모르지만 상태가 좋지 않다고 입원을 권했다.

나무가 열 살이 됐을 때부터 언젠가 찾아올 이별을 상상하면서 다짐한 게 있다. 무슨 일이 있어도 병원 케이지에서 마지막을 보내게 하지 않겠다고, 병이 나서 통증으로 고통스러워한다면 하루라도 더 함께하고 싶은 욕심 버리고 안락사 해주겠다고. 나무가 병원 케이지에서 외롭게 떠나는 것을, 나무가 아파하는 것을 절대 볼 수 없다는 것이 우리 모녀의 확고한 생각이었다.

몇 년째 다짐했던 대로 우리는 나무의 마지막 시간을 집에서 함께하기로 마음먹고, 나무를 받아 안고 집으로 돌아왔다. 14년을 매달 다닌 병원 길, 세 식구가 나란히 걷는 것은 그날이 마지막이 되었다. 집에 온 지 두어 시간 지났을 즈음, 나무는 내 품에서 비명도 경련도 고통스러운 모습도 없이 잠자듯 평온하게 무지개다리를 건넜다. 나무를 키우는 동안, 그토록 간절히 바랐던 대로 잘 먹고 잘 살다가 아프지 않게 떠나기, 이 어려운 미션을 나무는 클리어해주었다. 나무, 굿잡!

14년 동안 자기 아이처럼 친절하게 나무를 돌봐주셨던 동물병원 선생님한테 들러서 인사를 한 뒤, 언니의 차를 타고 반려동물 장례식장으로 향했다. 백내장이라 흰 구슬처럼 새하얀 눈을 동그랗게 뜬 나무는 아직 따스했다. 얼굴을 하나하나 만져보았다. 동그란 이마, 예쁜 눈, 오늘도 촉촉한지 매일 확인했던 귀여운 코, 시력을 잃은 뒤로 얼굴 가까이 손 대는 걸 싫어해서 제대로 보지 못했던 입속도 마음껏 보았다. 이빨이 몇 개 빠져 있었다. 그것도 모르고 딱딱한

껌을 주었네.

우리 개가 아무리 물지 않고 아무리 착해도 누구네 집 개나 언젠가는 떠난다. 어떻게 이 귀여운 것이 죽을 수가 있지, 어떻게 세상에 없을 수가 있지, 도저히 상상할 수 없었지만, 그날은 오고 말았다. 14년 동안 1분 1초도 사랑하지 않은 적 없는 나무가 떠났다. 24시간 고급 인력(나)의 시중을 받으며, 언니의 호들갑스런 사랑을 받으며, 여름에는 시원하게 겨울에는 따뜻하게 잘 살다가 떠났다. 귀여운 미모로 보는 사람들마다 칭찬을 들었고, 블로그를 통해 랜선 이모들의 사랑도 넘치도록 받았다. 떠나기 전날까지 식욕 왕성하게 잘 먹다 갔다. 생일 미역국도 먹었다. 누가 이렇게 잘 살다 갈 수 있을까. 우리는 나무의 삶을 '갓生갓死'였다고 찬양한다. 자기가 떠난 뒤에 엄마랑 언니랑 울지 말라고 나무는 그렇게 아름다운 뒷모습을 남기고 간 걸까. 고맙다, 나무야. 너는 최고의 반려견이었어. 우리 다시 만나기로 한 약속 잊지 마. 네가 언제 어디에서 무엇으로 환생해도 엄마는 너를 바로 알아볼 수 있을 거야. 나무, 안녕.

덧. 나무의 이야기를 책으로 쓰기로 계약했다. 펫로스로 힘든 분들의 마음을 어루만져주는 글을 쓰고 싶다. 나무는 마지막까지 큰 선물을 주고 갔다.

만 원의 행운

작년 초겨울의 어느 토요일, 모 기업에 필기시험을 보러 간 정하가 톡을 보냈다.

"엄마, 날씨가 너무 좋아. 꼭 나가봐."

운동 좀 하라고 노모가 그렇게 말해도 듣지 않으면서 자식 말은 잘 듣는다. 엄마를 생각하는 마음이 기특해서. 어디로 갈까 하다가 모처럼 어린이대공원에 가보았다. 집에서 버스 세 정거장 거리다. 단풍이 아직도 예쁘게 들었다. 초겨울답잖게 볕이 따스해서 사람들이 많이 나왔다. 잔뜩 긴장해서 시험 보러 가는 길에 일부러 톡을 보낼 정도의 날씨이니 오죽하랴. 코끼리 엄마인지 아빠인지가 새끼 코끼리를 야단치는 것도 보고, 아빠가 왕따인 듯 외롭게 있는데 사이좋은 원숭이 가족이라는 팻말이 붙은 원숭이 우리도 구경하며 대공원을 어슬렁거리다가 볕 좋은 곳에 앉아서 책을 읽었다. 행복한 오후였다. 언니 시험 잘 치게 해줘, 하고 이따금 빌었다. 나무에게.

그렇게 시간을 보내다 날씨가 쌀쌀해져서 나오는데 대공원 후문 입구에 외국인 한 명이 클라리넷을 연주하고 있었다. 앞에는 모금 상자가 놓여 있다. 연주를 듣는 사람은 없었다. 타국에서 코로나를 겪으면서 수입도 없고 고생이 많겠구나, 생각하니 마음이 짠했다. 평소에는 카드 한 장만 갖고 다니지만, 이런 계절에는 길거리에 사 먹을 게 많으니 만 원 한 장을 가져왔다. 전 재산인데 이걸 넣어야 하나.

갈등하다가 그냥 지나쳐 왔다. 얼마 만에 나온 바깥세상인데 호떡, 붕어빵, 어묵은 사 먹어야지. 한참 걸어 나오다 왠지 마음에 걸려서 다시 돌아가 상자에 만 원을 넣었다. 호떡, 붕어빵, 어묵은 그렇게 대공원 하늘 위로 날아갔다. 5000원만 거슬러주세요, 라고 할 수도 없고, 거참. 그런데 그때 보았다. 상자 속에 수북한 1000원짜리 지폐를. 한 푼도 없는 내가 더 거지였어…….

시험 치고 온 정하한테 그 얘기를 했다가 혼났다. 먹고 싶은 것 사 먹지, 여윳돈도 없으면서 다 주면 어쩌하느냐고.

"……그렇지만 행운을 가져다줄지도 모르잖아. 바라고

준 건 아니지만."

그러고 그 일은 잊어버렸는데, 정하가 그날 친 모 기업의 필기시험에 합격한 것이다. 그때 문득 그 만 원이 생각났다. 정하가 열심히 공부한 덕분이긴 하지만, 시험이란 게 실력이 전부가 아니다. 아마도 그 합격은 만 원이 가져다준 행운이 아니었을까. 얼마 안 있어서 지금 회사에 합격하게 된 것도 만 원이 가져다준 행운의 여파일지도 모른다. 이런 얘기를 했더니 정하가 단칼에 잘랐다.

"뭐래. 우리 나무가 하늘에서 도와준 거야."

다시 둘이서

생후 45일 된 시추 나무가 우리 집에 온 것은 정하가 초등학교 5학년 때였다. 새 식구가 된 어린 생명이 어찌나 귀엽고 사랑스러웠는지. 서로를 보는 시간보다 나무에게 집중해서 보낸 시간이 더 많았다. 나무가 해고, 달이고, 별이고, 우주였다. 나무가 노견이 되자, 정하는 공공연하게 선언하고 다녔다. 나무가 죽으면 같이 죽을 거라고. 설마 그럴 일 없겠지만, 얼마나 충격이 클지 상상 가능한 일이었다. 나무가 떠난 뒤에 내 마음은 내가 다스릴 수 있지만, 정하는 어찌나 그게 큰 걱정이었다.

결국 그날은 왔고, 우리는 나무를 보냈다. 그러나 정하도 나도 많이 울지 않았다. 나무를 잃은 슬픔보다 나무가 아프지 않게 떠났다는 안도감이 훨씬 컸다. 나무가 더 살아도 기다리고 있는 것은 간종양의 통증뿐이었을 것이다. 그 통증이 오기 전에 떠난 게 고맙고 기쁠 지경이었다. 설령 누군가의 부주의로 떠났다 해도 부주의조차 칭찬하고 싶었다.

나무가 죽으면 따라 죽겠다고 공언하고 다닌 탓에 혹시 하고 정하 친구들이 걱정을 많이 했지만, 정하는 하늘에서 나무가 보면 섭섭할 정도로 씩씩했다. 그게 나한테는 너무 힘이 됐다. 내가 상심에만 빠지지 않고 바로 일상으로 돌아온 것도 정하에게는 위안이 됐을 것이다. 한 사람이 슬퍼하거나 자책할라치면 한 사람이 나무는 행복하게 잘 살다 잘 간 거라고 서로 위로했다.

나무가 떠난 다음 날, 정하가 이렇게 말했다.

"우리 인제 인생 2막을 시작하네."

그랬다. 반려동물 없이 서로만 보고 사는 인생 2막이 시작됐다. 굳이 촘촘히 나누자면 인생 4막쯤 되겠지만, 어쨌든 새로운 인생의 시작이다. 생후 45일 된 강아지가 노견이 되는 동안 정하도 슬픔을 이겨낼 줄 아는 어른이 됐다. 그리고 어엿한 사회인이 됐다. 이제 각자 자기의 삶을 살면 된다. 정하는 성실하게 직장에 다닐 것이고, 나는 앞으로 더 행복하게 번역하고 더 즐겁게 글을 쓸 것이다. ……

라고 하니, 뭔가 비장한 각오라도 하는 것 같지만, 지금까지와 다름없이 살아가겠다는 말이다. 그러나 방학 숙제다 해놓고 기다리는 개학처럼 남은 인생은 왠지 설렌다.